最後の晩ごはん

秘された花とシフォンケーキ

椹野道流

登場人物

イラスト／くにみつ

淡海《おうみ》五朗《ごろう》

小説家。高級住宅街のお屋敷に住んでいる。「ばんめし屋」の上顧客。

夏神《なつがみ》留二《りゅうじ》

定食屋「ばんめし屋」店長。ワイルドな風貌。料理の腕は一流。

五十嵐《いがらし》海里《かいり》

元イケメン俳優。現在は看板店員として料理修業中。

最後の晩ごはん 秘された花とシフォンケーキ

里中《さとなか》李英《りえい》

海里の俳優時代の後輩。真面目な努力家。舞台役者目指して現在充電中。

ロイド

眼鏡の付喪神。海里を主と慕う。人間に変身することができる。

五十嵐《いがらし》一憲《かずのり》

海里の兄。公認会計士。真っ直ぐで不器用な性格。

最後の晩ごはん　秘された花とシフォンケーキ

五十嵐《いがらし》奈津《なつ》

獣医師。一憲と結婚し、海里の義理の姉に。明るく芯の強い女性。

仁木《にき》涼彦《すずひこ》

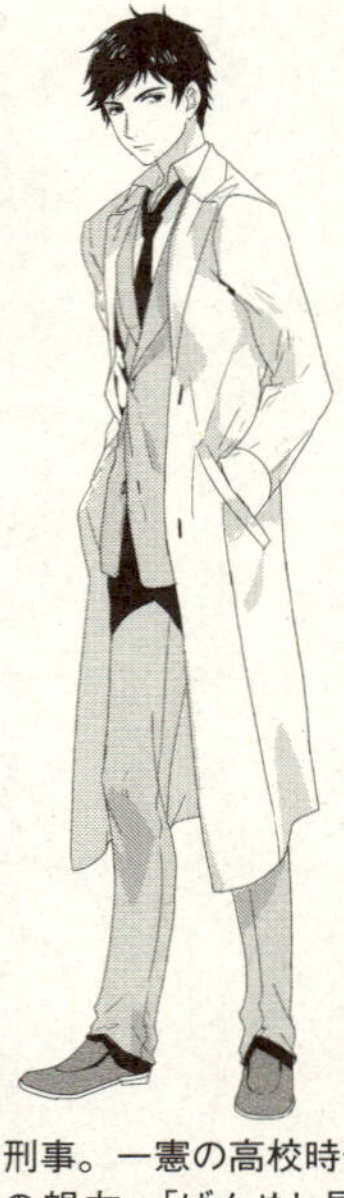

刑事。一憲の高校時代の親友。「ばんめし屋」の隣の警察署に勤務。

プロローグ

「アカン、文字なんかろくに見えんわ」

そんな忌々しげな呟《つぶや》きを漏らし、夏神留二《なつがみりゅうじ》は眺めていた雑誌をパタンと閉じた。

それをやや日に焼けた畳の上に放り出し、寝そべっていた布団の上に、むっくりと身を起こす。

今日は土曜日、仕事は休みだ。

風邪を引きかけている気配があったので、どこへも行かず、終日眠って英気を養うつもりだったが、どうやら夏神は、「ゆっくりする」ことが絶望的に苦手な人種らしい。

仕事を終えて就寝したのはいつもどおり朝になってからなのに、昼過ぎにはぱっちり目が覚めてしまい、どうしても二度寝ができなかった。

しかも、目覚めてみれば、寝る前にはまったく感じていなかった、どうも風邪ではないような症状が増えている。

目が、強烈にむず痒《がゆ》い。

正確に言えば、眼球ではなく、瞼《まぶた》の裏側の真っ赤な粘膜部分が、掻《か》きむしりたくなるほどの不快な痒みをもたらしているのだ。

そのせいか、視界が霞《かす》みがちで気持ちが悪い。

こんなことは、生まれて初めてだ。

もしやこれは、噂のアレかもしれない、と夏神は思った。

アレ、すなわち「花粉症」だ。

昨日から、やけに鼻がムズムズして鼻水が出るのは風邪の前兆だと思い込んでいたが、もしかすると花粉症を発症したのかもしれない。

これまではまったくの他人事《ひとごと》だったが、目の痒みと大量の鼻水、そしてさっきから連発しているクシャミといったものが、花粉症の代表的な症状だという知識くらいは、夏神も持っている。

彼が経営する定食屋の客の中にも、春先、今の彼のような症状で難儀している人を毎年見かけるし、テレビでも盛んに取り上げているからだ。

(俺もついに花粉症デビューなんやろか。こら参ったな)

ぴゃっくしょい、といささか奇妙なクシャミをして、夏神はブルブルと濡《ぬ》れた犬のように首を振った。

風邪だろうが花粉症だろうが、嫌なことに変わりはない。

料理人という職業上、風邪を引いた状態で包丁を握るわけにはいかない。それよりは、感染性のない花粉症のほうがいくらかマシという程度のことだ。

（せやけど、目も鼻もいかれてしもたら、自信持って料理を作るんは無理や。商売あがったりやないか。そもそも、まだ真冬やぞ）

夏神はティッシュペーパーの紙箱を引き寄せ、盛大な音を立てて洟《はな》をかんでから、顰《しか》めっ面で首を捻《ひね》った。

今はまだ、一月の末である。

花粉症といえば、春の病気ではないのか。

訝《いぶか》りながらスマートフォンで調べてみると、それは夏神の不見識だった。

実はアレルギーを引き起こす花粉の種類は数え切れないほどあり、ほぼ一年じゅう、何らかの花粉が飛散しているらしい。

今は、カバノキやヒノキ、スギやイネ科の花粉が花粉症の原因になり得ると、夏神が見た医学情報サイトには書いてあった。

（はあ、そうなんか。ほな、いよいよ俺も、世間の流行《はや》りに乗ってしもたんやろな）

さてどうしたものかと、夏神はさっき放り出した雑誌に視線を戻した。

それは数日前、コンビニエンスストアで手に入れた主婦向けの生活雑誌である。

何か、新しい料理のアイデアを得ようと買ったものの、今の状態では、とても読書どころではない。

まずは、この不快な症状を何とかしなくては。

「ドラッグストアに、花粉症の薬でも買いに行くか。ついでに、晩飯になりそうなもんを何ぞ適当に……」

自分に言い聞かせるようにそう言い、夏神はボサボサの髪を片手で撫《な》でつけながら、茶の間の窓を開けてみた。

途端に、冷たい冬の風が吹き込んでくる。夏神は身震いしながら、窓の外に首を出した。

今日は快晴らしい。

気持ちのいい陽射しだが、なるほど、いつもならクリアに見えるはずの六甲山《ろっこうさん》が、今日はうっすら霞んでいる。おそらく、花粉のせいだろう。

ハッキリこれと見ることはできなくても、今、夏神を苦しめている花粉は、山からの風に乗って、ここまで届いているのだ。

「いや、アカン。今、外に出たら、悲しゅうもないのに大泣きしながら歩く不審なオッサンになってまう」

寒さ以外の理由でもう一度身震いすると、夏神はそそくさと窓を閉め、再び煎餅《せんべい》布団の上に胡座《あぐら》をかいて、スマートフォンを取り上げた。

滲《にじ》む涙を瞬《まばた》きで目の外へ追い出し、メッセージのやり取りができるアプリケーションを立ち上げる。

メッセージを送る相手は、彼の同居人であり、弟子でもある五十嵐海里《いがらしかいり》だ。

今日は朝から、もうひとりの同居人、もとい「眼鏡の付喪神《つくもがみ》」、ロイドと一緒に映画を観に行っている。

「もう、映画は観終わったやろな」

時刻を見れば、午後二時過ぎだ。

映画は十時過ぎから始まると言っていたから、劇場内にうっかり着信音が響き渡るようなことはないだろう。

そう考えて、夏神はしょぼつく目と太い指のせいで入力ミスを重ねながらも、どうにか「帰りに、なんぞよさげな花粉症の薬を買《こ》うてきてくれ。目薬も頼む」という短いメッセージを送信することに成功した。

帰途に就く前に気付いてくれればいいと夏神は思っていたが、意外にもすぐに反応があった。

しかも、メッセージではなく電話である。

夏神が通話ボタンを押し、スマートフォンを耳に当てるなり、雑踏の音と共に、海里のよく通る声が聞こえた。

『夏神さん？　だいじょぶ？　風邪薬じゃなくて、花粉症の薬？　もしかして、具合悪いって言ってたの、花粉症だったわけ？　え？　去年もそうだったっけ？』

正直、文字での応酬をせずに済んで、夏神はホッとしつつ返事をした。

「いや、今年が初めてや」

『おー、花粉症デビューおめでとう！　今夜はお祝いだな』

軽やかにそう言って、海里は陽気に笑う。夏神は、思わずムッとした顔で言い返した。

「アホか。なーんもめでとうないわ。こっちはもう、目ん玉外してガシャガシャ洗いたいくらい痒いんやぞ。鼻水も止まらんし」

『あははは、リアル鬼の目にも涙じゃん』

夏神の切実な訴えに、スピーカーの向こうで海里はますます可笑《おか》しそうな笑い声を上げた。

「おい、他人事やと思うて機嫌よう笑いよってから。お前も、いつまでも蚊帳《かや》の外やと思うなや。明日は我が身やぞ。っちゅうか、頼めるか、薬？」

『勿論《もちろん》。夕方には帰るからさ。マツキヨかどっかで、薬剤師さんにいい奴を選んでもらうよ。薬と目薬だけでいい？』

「おう。あと、あの、アレや。洟をかみまくっても、鼻の下が痛《いと》うならん……」

『ああ、贅沢《ぜいたく》ティッシュペーパーね。花粉症の心の友だよな。了解！　何箱か買っとくよ』

海里の頼もしい声に交じって、「夏神様は如何《いかが》なされたので？」という、ロイドの呑《のん》気《き》な声が聞こえる。

「もう、映画は観終わったんやろ？　楽しかったか？」

夏神が訊《たず》ねると、海里は弾んだ声で答えた。

『うん。すっげー面白かった。で、昼飯食って、今、買い物に来たとこ。そろそろ冬物が安くなってるだろうと思ってさ。だけど、薬、急ぐんならすぐ買って帰るよ？』

そう言われて、夏神は慌ててその申し出を辞退した。

「いやいや！　せっかくの休みや、十分楽しんでから帰ってこい。俺は、家でゴロゴロしとるし大丈夫や」

『そ？　じゃあ……あ、そうだ。電話でもわかるほど鼻声だし、そんなんじゃ、さすがの夏神さんも、料理って気分じゃないだろ？　俺も、今夜は何か買って済まそうと思ってたから、夏神さんの分もゲットして帰るよ。フライドチキンにしよっか。三人いたら、バーレルで買えるし、ちょっとしたパーティ気分になれるじゃん。あと、ビスケットとコーンサラダと……あっ、コールスローもいいよな』

もとから快活な海里だが、よほど映画が楽しかったのか、いつも以上に声が弾んでいる。鬱陶《うっとう》しさに埋め尽くされていた夏神の心にも、少しいつもの鷹揚《おうよう》さが戻ってきた。

「パーティ気分になれるかどうかはおいといて、そら、助かるな。俺は鼻が詰まって匂いも味もあったもんやないから、お前らの好きなもん買うてこい」

『あはは、そりゃそうか。あっ、そうだ。薬じゃないけど……』

「あん？」

海里はふと思いついたことがあったらしく、こう言った。

『洗面所の鏡の横の棚に、新品の洗眼液が一本あったはずだからさ。よかったら、あれ使ってみれば？　目だけでもスッキリすりゃ、気分も少しはマシになるでしょ』

　思わぬ提案に、夏神は血走った目をパチパチさせる。

「洗眼液？　ああ、お前がたまに目ぇに変なカップみたいなん当ててのけぞっとる、アレか？」

『そうそう。俺、ちょいドライアイ気味だからさ。あれやると、目がスッキリすんだよね。夏神さんの目も、花粉が入って痒《かゆ》いんだろうから、それが流れりゃ、ちょっとは気持ちよくなるんじゃね？』

「ああ、それはそうかもしれへんな」

『いっぺん使ってみなよ。じゃ、俺たちが帰るまで、家で大人しくしてて』

「おう。邪魔して悪かったな。ほな、ロイドにもよろしゅう」

　通話を終えてスマートフォンを枕元に置くと、夏神は気怠《けだる》げに立ち上がった。

　両目を擦《こす》りたい気持ちをぐっとこらえ、薄暗い洗面所に向かう。

　はたして海里が言っていたとおりの場所に、箱入りの洗眼液があった。薬液が入った大きな樹脂製のボトルと、目を洗うためのカップがセットになっている。

　箱のいちばん上には説明書が入っていたが、夏神はそれを腹立たしげに引っ張り出すと、広げることなくゴミ箱に放り込んだ。

「目ぇがはしこうて難儀しとる人間が、説明書のこない小さな字ぃなんぞ読めるかいな。無茶言いよるわ」

医者が聞いたら眦《まなじり》を吊《つ》り上げそうな不平を言いつつ、海里がこれを使っているときの様子を思い出し、夏神は見よう見まねで柔らかいシリコンのカップに洗眼液を入れ、目元に密着させた。

そして、海里がいつもしているように、そのまま上を向く。たちまち、大きく見開いた目の中に冷たい洗眼液が流れ込んできて、夏神は思わず驚きの声を上げた。

「うぉ！　なんやこれ」

どうやら薬液の中に、清涼感をもたらす成分が含まれているらしい。まるで眼球に氷を押し当てられたような刺激がある。

だが、眼球を洗うように大きな瞬きを繰り返すうち、最初の衝撃は速やかに消え、何ともスッキリして気持ちがよくなってきた。

「おおー。こら、えらいもんやな。でかした、イガ。よう思いついてくれた」

さっきまでのドンヨリした空気はどこへやら、夏神はもう一方の目も念入りに洗い、「くうーっ」と、まるでビールでも一気に飲み干したときのような、爽快感《そうかいかん》みなぎる声を上げた。

無論、一時的なものではあるのだろうが、さっきまで感じていた目の不快感は格段に軽減され、涙で嫌な滲み方をしていた視界も実にクリアだ。

瞼《まぶた》の腫《は》れぼったい重さすらも、いささか軽減したように感じる。

「ああ、これはええもんや」

目を洗うのに使ったカップをざっと洗って折り畳んだティッシュペーパーの上に載せると、夏神はご機嫌で茶の間に戻った。

この快適な状態がいつまで保《も》つかはわからないが、とにかく海里たちの帰りを待つ間、ただ不快感を抱えて転がっているばかり、という悲惨な状況は免れそうだ。

夏神は再び窓に歩み寄り、今度はカーテンだけを少し開けて外の景色を眺めた。

目の前にゆったりと流れるのは、芦屋《あしや》川である。

朝夕は犬の散歩やウォーキング、ジョギングをする人で賑《にぎ》わう河川敷だが、上天気とはいえ寒いので、さすがに人の姿は疎《まば》らだ。

インフルエンザ予防か、あるいは夏神と同じく早くも花粉症を警戒しているのか、大半はマスクを着けて歩いている。

自分が花粉症らしき症状を抱えていると、そうしたことがやけに気に掛かる。そんな身勝手な自分に、夏神は嘆息した。

(お客さんが鼻や目をグシュグシュさせとったり、クシャミしとったりするんに、口では同情しとったけど、おのれが経験するまで、ホンマの大変さはちっともわかっとらんかったなあ)

「何も知らん俺なんぞに薄っぺらい同情されて、お客さんもさぞむかついたやろな」

そんな苦い後悔が胸に押し寄せる。

自分がさっき、海里の軽口に少し腹を立てたように、自分もまた、これまで出会った花粉症患者を不愉快にしてしまっていたかもしれない。そこは商売人としてもひとりの人間としても、大いに反省すべきところだと夏神は思った。

そう考えれば、花粉症になったのも、貴重な学びの機会を得たと感謝すべきかもしれない。

「いや。無理矢理ええほうに考えても、アカンもんはアカン。きついもんはきつい」

前向きになろうとして若干失敗した夏神は、がっくり肩を落とした。

いくら他人にはうつらないといっても、鼻をズルズル言わせている料理人の作るものを食べたい客など、おそらくひとりもいないはずだ。

週末は市販薬で切り抜けるとしても、月曜の朝一番に、病院へ駆け込んで治療を受けなくてはならないだろう。

「こら、この先、春は毎年難儀なこっちゃな」

目の不快感は薄れたものの、こちらは盛大にムズムズする鼻を片手で擦り、夏神は賑やかなクシャミを立て続けに三つもした……。

一章　前へ進むということ

兵庫県、芦屋市。

六甲山と大阪湾に挟まれたこの小さな街には、東西方向にほぼ水平に三本、電車の路線が走っている。

北から、阪急《はんきゅう》電鉄、ＪＲ、阪神《はんしん》電気鉄道の順だ。

阪急電鉄とＪＲの間には山手幹線、ＪＲと阪神電鉄の間には、国道二号線と鳴尾御影《なるおみかげ》線、阪神電鉄の南側には国道四十三号線と臨港《りんこう》線という道路も並走している。

さらに南北方向に注目すると、今度は芦屋川と宮《みや》川という二本の河川が流れている。

それらをすべて地図に書き込むと、小さな街が、いい具合に縦線、横線でざっくり区切られて、市内の色々な場所をかなりシンプルかつ的確に表現することができる。それが、芦屋市の大きな特徴の一つだ。

具体例を挙げるなら、「阪神芦屋駅の近く、鳴尾御影線の北側すぐで、芦屋川沿い東側」にあるごく小さな古びた日本家屋が、この物語の主な舞台となる「ばんめし屋」である。

日暮れから明け方まで営業し、メニューは日替わり定食一種類のみという風変わりな定食屋だが、深夜に食事ができる場所がそう多くない土地柄だけに、深夜族にはありがたい存在、知る人ぞ知る店といったところだ。

午後二時過ぎ、そんな「ばんめし屋」の入り口の引き戸をガラリと開けたのは、ここの住み込み店員になってもうすぐ二年の五十嵐海里だった。

その両手には、重そうなエコバッグが提げられている。

「ただいまー！　うう、朝から空がドンヨリしてたけど、ついに雪降ってきたよ、夏神さん。今日こそは積もるんじゃね？」

そう言いながら店に入って来た海里は、カウンターの上に大きなエコバッグをそろりと置くなり、かじかんだ両手を忙《せわ》しく擦り合わせた。

ニットキャップとダッフルコート、それにマフラーという見るからに暖かそうな服装だが、それでもなお寒かったらしく、露出している高い鼻の頭と頬がうっすら赤らんでいる。

二月に入ったばかりの今はまだ、春の気配など微塵《みじん》も感じられない。海里の顔は、まるで雪国の子供のような有様だ。

カウンターの中にいる店主の夏神留二は、そんな海里の姿を見て、いささか可笑《おか》しそうにいかつい顔をほころばせた。

暖かい店内、しかも火を使っているとはいえ、こちらは海里とはあまりにも対照的な、

Tシャツとジーンズにサンダルという真夏さながらの装いである。

「そない重装備しといて、手ぇだけ剝《む》き出しかいな。そら冷えたやろ。手袋忘れて出掛けたんか？」

「や、わざとしてねえの」

「なんでや？」

訝《いぶか》しげな夏神に、海里は指先が赤くなった両手を、ぎこちなく握ったり開いたりしてみせた。

「だって、重いバッグ持ったら、手袋、ソッコーで擦り切れちゃうじゃん。だから、最初からしない。軍手とかならいいんだろうけど、ちょっとダサすぎるし」

「おいおい。手袋買うにも事欠くような懐具合なんか？　給料が安い自覚はあったけど、やっぱし安すぎるか？」

海里の雇用主である夏神は、心配そうに太い眉《まゆ》をひそめる。ようやく人心地がついてきた海里は、ニットキャップとマフラーを外しながら、夏神の懸念を笑い飛ばした。

「んなわけねえって。俺、今の趣味は音楽聴くくらいだから、そんなに金を使うチャンスはないよ。そもそも、物価だって東京より安めなんだし」

「ほな……ああ、アレか。芸能人時代に買《こ》うた手袋やから、滅茶苦茶《めちゃ》ええ奴なんか。勿体《もったい》のうて使われへんとか」

「ちげーよ。芸能人の頃から、高い手袋どころか、高い服だって、そうそう買ったことはないんだ。ただ、お気に入りを長く使いたいってだけ」

「へえ、そうなんか？　テレビに映る芸能人、よう番組でやってるやないか。身につけとるもんの総額、うん十万円やら、うん百万円やら、うん億円やらて。私服やのに、えらい金かけとんなあて、いつも感心して見とるんやで」

意外そうにギョロ目を瞬《しばた》かせる夏神に、海里は苦笑いで言い返した。

「あのさあ、あれは、トップ・オブ・ザ・氷山みたいな人たちの話だって。なんとか姉妹とかさ。俺たちは……特に俺みたいな零細事務所に所属してるタレントは、そんなにたくさん、好きになる金が貰《もら》えるわけじゃねえもん。少なくとも、俺は貰ってなかったよ」

「はあ、そういうもんなんか？」

「そうだよ。待ち時間が長い仕事だから、拘束時間まるっとカウントして時給にしたら、けっこう安いんだぜ？」

夏神は、わかったようなわからないような微妙な表情で、「なるほどなあ」と相づちを打つ。海里は構わず、話を続けた。

「それにほら、俺の立ち位置、親しみやすくて気さくなお兄さんってあたりだったじゃん。手が届きそうでギリ届かないっていうさ。だから贅沢《ぜいたく》してるように見せちゃいけなくて、むしろプチプラをお洒落《しゃれ》に着こなすスキルが求められてたわけ」

「ほーん……ぷちぷら、なあ」

ファッションにまったく興味のない夏神は、頭を包むバンダナを弄《いじ》りながら、気の抜けた返事をする。それに構わず、海里は着込んだままのダッフルコートの胸元を叩《たた》いた。

「まあ、たまに思いきって、事務所が晴れ舞台用のセミオーダーのスーツを作ってくれるとかはあった。あとは、プライベートで五万くらいするコートを買ったくらいかな。そのコートが、これなんだ」

さすが昔取った杵柄《きねづか》、ファッションモデル風のポーズを容易《たやす》く決めてみせる海里に、夏神は「はあ」と野太い、しかし何とも間の抜けた声を出す。

「俺、全然服に凝ったことがあれへんからようわからんけど、コートで五万っちゅうんは、高いんか安いんかどっちや?」

真顔で問われ、海里はいささか困り顔で肩を竦《すく》めた。

「微妙なとこじゃね? 安物っていうには高すぎるし、でもホントにいいもんは、この値段じゃ買えないっていう。芸能人としての俺の中途半端さを物語るアイテムって感じだよな。気に入ってるから、どうでもいいけど」

やや自嘲《じちょう》気味な海里の軽口に、夏神は真顔でふむふむと頷《うなず》いた。

「そういうもんか。まあ、何ちゅうたらええんかわからんけど、よう似合っとると思うで? 元が男前やから、お前が着たら、三割くらいは高《たこ》う見えるん違うか」

口調も大真面目にそう言って、海里の頭からつま先までつくづくと見る。

海里は照れて、コートのボタンをまだいささかぎこちない指使いで外しながら、かぶりを振った。

「今さら、おだてないでよ。そこも、芸能人にしちゃ、まあほどほどの男前ってあたりだろ」

「そない謙遜《けんそん》せんでもええやろに。店でも、シュッとしとるて、お客さんによう褒められとるやないか」

「謙遜じゃなくて、事実。俺も、今となっちゃ結構、身の程を知ってんのよ。てか、マジで前ほどファッションに敏感じゃなくていいし、外食もさほどしないし、本気でお金使うとこないから、給料のことは気にしないでよ。衣食住の食と住は、夏神さんにあらかた提供してもらってるようなもんなんだしさ」

「まあ、そう言うたらそうやけど、あばら屋にまかないやないか」

「十分だよ。それに、今はロイドにまで給料出してもらってんだもん。感謝しかねえって」

それを聞いて、夏神はすまなそうに太い眉尻《まゆじり》を下げた。

「ロイドには、それこそ小遣い銭くらいしか出せとらんからなあ。あんなによう働いてくれとるのに」

「そりゃそうかもだけど、そもそもあいつ、眼鏡だからな。眼鏡に給料出すって話、他で聞いたことないよ」

「それ以前に、眼鏡が人間の姿になるっちゅう話を、よそで聞いたことがあれへん」

「そうだよな。だけど、ロイドは俺以上に金を使わないから大丈夫。買い食いくらいしかしないから。それに、もし思いきった金額のものがほしくなったら、そん時は俺が出すのが筋だろ」

ようやく「冬の重装備」を脱ぎ捨てて身軽になった海里は、それらをテーブル席の椅子の上にひとまとめにして置くと、買い出ししてきた食料品や雑貨をバッグからカウンターの上に取り出し始めた。

ラップフィルム、台所用洗剤、コンロ周りの汚れを落とすための小さなスポンジ、野菜類、肉や野菜のパックが、手際よく分類され、まるでちょっとしたグローサリーのように整然と並べられていく。

それを眺めながら、夏神はさっきよりさらに真剣な面持ちで言い返した。

「給料のことは、ない袖《そで》は振れんっちゅう情けない話やけど、眼鏡やろうと何やろうと、あいつは大事なスタッフや。俺はそう思うとるで？」

「そう言ってもらうと、『ご主人様』としては嬉《うれ》しいし恐縮だけどさあ。夏神さんに、あんまり負担かけすぎたくないよ。夏神さんが大金持ちじゃないことは、最初っからわかってるんだし」

敢《あ》えて夏神のほうを見ずに、軽口交じりに本心を打ち明ける海里に、夏神もどこかしんみりした口調で応じた。

「何言うとんねん。恐縮するんは、俺のほうやろ。お前とロイドが来てくれて、店が賑《にぎ》やかになって、お客さんも喜んでくれてはる。俺はむさ苦しいだけやけど、お前とロイドはその分を補っておつりが来るほど小綺麗《こぎれい》やし、いつもニコニコしとってくれるからな。お客さんも、だいぶ増えたんやで？」

「確かに、女性のおひとり様、ここ一年くらいでどっと増えたよな？　奈津《なつ》さんみたいに夜遅くまで仕事してる人とか、学生さんとか、一人暮らしのお年寄りとかも」

店の近くの動物病院で、獣医として働く義姉の名を出し、海里はカウンターの、彼女の定席をチラと見た。

海里の兄、一憲《かずのり》と結婚後は、以前のように頻繁には来なくなった奈津だが、それでも患畜の世話で泊まり込みになったときなどは、深夜に疲れた顔でやってきて、夏神の料理と、海里やロイドとのお喋《しゃべ》りでリフレッシュして戻っていく。

夏神もそんな奈津のことを思い出したのか、しみじみと頷いた。

「そやそや。それこそ、お前とロイドのおかげやで。こんな人相の悪いおっさんがひとりでやっとる店に入ろう思うたら、だいぶ度胸が要るやろし」

「それ、自分で言っちゃうかな。つか、ロイドの奴、何してんだろ」

海里は怪訝《けげん》そうに店の引き戸のほうを振り返った。厨房《ちゅうぼう》の中で何か作業をしながら、夏神も首を捻《ひね》る。

「一緒に買い物行って帰って来たん違うんか？」

「そうだよ。たった今まで一緒にいたんだけど……あっ、来た」

ガラリと引き戸を開けて入ってきたのは、噂になっていたロイドその人、いやその眼鏡である。

英国生まれ、日本育ちの、年代もののセルロイド眼鏡。

それが、ロイドの「本体」だ。

そうした経歴を反映してか、彼が人間になるときは、いつも初老の英国紳士の姿である。

きちんと撫《な》でつけた茶色の髪、白い肌、そして彫りの深い顔立ちと優しい茶色の目が印象的な彼は、いつもと同じく、ツイードの上下を着込んでいる。いわゆる、古き良きイギリスのカントリー・ジェントルマンの趣だ。

「おお、寒い。こういう日に暖かな建物の中に入ると、眼鏡のレンズが曇るのでございますよ。眼鏡には如何《いかん》ともしようのないことではあるのですが、前の主《あるじ》にはそれでずいぶんとご不自由をおかけ致しましたものです」

さっき海里がしたように、両手を擦《こす》り合わせながらそんな軽妙な眼鏡トークを繰り出す眼鏡を、夏神と海里は何とも言えない微妙な表情で見た。問いを口にしたのは、海里である。

「それはどうでもいいけど、外で何してたんだ、お前？　何かあったのか？」

問われたロイドは、実に残念そうに首を振った。

「今朝のあれが残っていないかと期待して、お店の裏を探しておりましたのですが、影も形もございませんで、落胆しておりました」

「あれ？」

夏神と海里の声が綺麗《きれい》に重なる。ロイドは見るからにしょんぼりしつつ、両手で何かを上からプレスするようなアクションをしてみせた。

「あれです。今朝、生ゴミを裏口からポリバケツに入れに参りましたおり、海里様が教えてくださった、あの……」

そこでようやくロイドが探していたという「あれ」の正体に思い当たり、海里は呆《あき》れ顔になった。

「何かと思ったら、霜柱かよ」

ロイドはパッと顔を輝かせ、ポンと手を打つ。

「そう、それでございますよ。今朝、海里様が、踏むと楽しいと実演してくださったので、やってみたら実にシャクシャクと爽《さわ》やかな音が致しますし、靴底に感じる軽やかでいて儚《はかな》い刺激が何とも言えず快く」

「霜柱なんか、今でも降りるんか。長らく踏んでへんなあ、そういえば」

夏神は感慨深そうに天井を仰いだ。おそらく、子供時代を思い出したのだろう。

「俺も滅茶苦茶《めちゃくちゃ》久しぶりだった。店の裏、日当たりが悪いし、こないだ雨が降ったから、地面がいい具合に湿ってたんじゃないかな。ロイドとその辺りじゅう踏みまくったんだけど、夏神さんも誘えばよかった？」

「せやな、次は誘うてくれ。俺も久々に踏みたいわ。せやけど、ロイド。霜柱は、朝に出るもんやろ。昼まではそうそう残ってへんと思うで」

「そういうものなのでございますか？」

「たぶんな。よっぽど寒かったら保《も》つんかもしれんけど、ここいらはそこまでやあれへんし」

夏神の言葉を、海里が補足する。

「それに、今朝の分は、俺とお前で殲滅《せんめつ》しちゃったじゃん。さすがに今日はもう復活しねえよ」

「そういうものなのでございますか」

ガックリと肩を落としつつ、ロイドはなおも食い下がる。

「では、明朝にはまた？」

「条件が合えば、できるんじゃね？　保証はできないけど。そんなに踏みたいのかよ」

「是非に」

やけに力強くそう言いつつ、ロイドはカウンターに歩み寄った。

「それはそうと、遅くなりまして失礼致しました。ささ、買ってきたものの片付けはこのロイドに任せ、海里様は夏神様のお手伝いを」

「おう、じゃ、頼むな」

あっさりそう言うと、海里はカウンターの中に入り、シャツの袖をまくり上げて、両手を洗った。

店の仕込みや接客に八面六臂《はちめんろっぴ》の活躍を見せるロイドだが、何しろ眼鏡本体の素材がセルロイドだけに、火や高熱には弱い。どうしてもできる作業が限られてくるので、彼がやれる仕事は、極力任せることにしているのである。

「何からやろっか。やっぱ巻き寿司《ずし》の支度？」

海里は大きなフライパンを静かに揺すっている夏神に声を掛けた。

今日は節分なので、日替わり定食のメインは巻き寿司である。丸ごと齧《かじ》るか切って食べるかは客の要望に合わせるが、とにかくひとり一本出すので、それなりの数をあらかじめ用意しておく必要があるのだ。

だが夏神は、フライパンから目を離さずに答えた。

「いや、飯が炊けるのにもうちょいかかる。具材はほとんど用意できとるから、先に魚を頼むわ」

「オッケー。つか、夏神さんはさっきから何してんの、それ」

「豆の支度や。これは急《せ》いたらしくじるから、今のうちにやっとこうと思うてな」

「豆？　豆まきの豆？」

キョトンとする海里に、夏神は豆まきの仕草をしてみせる。

「去年の節分は、買《こ》うてきた豆を、俺らが閉店後にまいただけやったけど、考えてみたら、うちのお客さん、夜どおし仕事の人もおるし、一人暮らしの人も多いやろ。わざわざ豆を買うたり食うたりするチャンスのない人ばっかし違うかと思うてな」

「ああ、なるほど。じゃあ、今年はお客さんにも豆まきしてもらう？」

「いや、さすがにそれは床がえらいことになりそうやから、ちょこっと日替わりに添えて、食うてもらおうと思うとる。歳の数っちゅうわけにはいかんけど、気分だけでも味わうて貰《もら》えるやろ。旨《うま》いもんやしな」

夏神のアイデアに、海里も納得顔で賛成した。

「いいね！　じゃあ、ちっちゃなおちょこに入れて添えようか」

「そらええな。洒落《しゃれ》とる」

そう言う間も、夏神の視線はフライパンから動かない。

海里は興味を惹《ひ》かれ、夏神に歩み寄った。フライパンの中では、たくさんの象牙《ぞうげ》色の豆たちが香ばしい匂いをほんのり漂わせている。

「大豆を炒《い》って作るんだよね？　節分の豆って」

「そやで」

「あのスーパーで売ってるカラカラに乾燥した奴を、フライパンで炒るだけ？」

「いや、そらさすがに硬すぎて、嚙《か》んだら歯ぁ折れるやろ」

「だよね。じゃあ、茹《ゆ》でてから、とか？」

「茹でるまで行くと、今度、炒って乾かすんが大変やからな」

夏神はゆっくりと手を動かし、フライパンの中の豆を優しく転がしながら、海里と、冷蔵庫の前からこちらも興味しんしんの眼差《まなざ》しを向けてくるロイドのために説明した。

「熱湯で、ほどよう戻すんや。硬いんを作りたいときは、熱湯をシャッとかけてちょっと置いてから炒る。せやけどお客さんの中に、歯ぁ弱い人やら小さい子供やらがおったら、それやときついやろ」

「どのくらいの硬さかわかんないけど、いかにもガリガリしてそうだもんな」

「そやから今日は、熱湯に浸けて二時間ほどほったらかしとった奴や。しっかり水切りして、じっくり炒る。オーブンでやってもええんやけど、うっかり焦がしてしもたら、全部あかんようになるからな。フライパンで気長にやっとる」

「へええ。わざわざふやかしてから、また乾かすんだ？」

「そういうこっちゃ。そろそろええ具合やと思うで。食うてみ」

「やった！　でも、熱ッ」

海里は目を輝かせ、夏神が長い菜箸《さいばし》で器用に一粒つまみ上げてくれた豆を、手のひらで受けた。少し冷まして、口に放り込む。

だが、一度噛んだ途端、海里は微妙な顔になった。それは予測済みだったらしく、夏神は人の悪い笑みを浮かべる。

「どや？」

「……味は香ばしくていいけど、なんか歯ごたえが、鈍い？　カリッとしてないっていていうか、ちょっとくにゃっとしてるっていうか」

「そやろな。炒りたてはそうやねん。冷めたら、硬《かと》うなる」

「なんだよー、先に言っといてよ。ガッカリするとこだったじゃん」

「そやからこそ、止めどきを見極めるさじ加減が大事なんやっちゅう、師匠のありがたい教えやないか。ロイド、棚に入っとるでかい皿、取ってくれ」

「かしこまりましたっ」

夏神の指示に、さっきからずっと羨《うらや》ましそうに二人を見ていたロイドは、即座に大皿を抱えて飛んで来る。

「ささ、どうぞ、夏神様」

ロイドが調理台に置いた丸い大皿に、夏神は炒った豆をざっと空け、重ならないように片手でちょいちょいと広げた。

「これでしばらく置いといたら、ええ具合にカリッとするはずや」

「夏神様、あの、わたしも一粒！」

「ええよ。冷たい皿に空けたから、ロイドでも大丈夫なくらいには冷めとるやろ。まだカリッとはせんかもしれんけど」

「それもまた、貴重な経験でございます。では、遠慮なく！」

ずっと、自分も味見したくて仕方がなかったのだろう。ロイドは小さな子供のような笑顔で、しかし自分が触れる熱さであることを慎重に確認してから一粒つまみ、頬張った。

「おお、これは美味。鄙《ひな》びた味が致しますなあ。懐かしゅうございます」

「懐かしい？」

「前の主《あるじ》が、晩酌のつまみに、たまに炒り豆を用意しておいででした。細く切った海苔《のり》をまぶしたものでございましたが、美味《おい》しそうにぽりぽり召し上がっていらっしゃいましたね。晩年まで、歯が丈夫でいらっしゃったのでしょう」

回想しながら、ロイドはドサクサでもう一粒、豆をつまむ。

「はいはい、いつまでもつまみ食いしてんじゃねえよ。生ものがほったらかしだろ？」

そんな小言を言いつつ、海里はカウンター越しに手を伸ばし、ビニール袋に包まれた大きめ、深めの樹脂トレーを両手で取った。

「あっ、それはまだ中身を確認しておりませんのに」

ロイドは、玩具《おもちゃ》を取り上げられた子供のような顔で文句を言う。

「俺がわかってるからいいの。中身はイワシだよ。イワシは鮮度が命だからな。ちゃっちゃと処理しないと」

「あっ、イワシといえば、先日、海里様が指ですーっと開いていらっしゃった、あの楽しげな魚でございますね？　他の仕事を仰せつかっておりましたゆえ何も申しませなんだが、実はやってみとうございました。こう、実に滑らかに、すーっと！　手順は、見て覚えておりますよ」

イワシの手開きをエアーでやってみせるロイドに、海里は苦笑いで言い返した。

「残念だけど、今日のは手開きするサイズじゃねえから」

「なんと」

「滅茶《めちゃ》苦茶小さいからな」

そう言いながら、海里はパックを覆うフィルムを剝《は》がした。パックには、言葉どおり七、八センチ長の小イワシがぎっしり詰まっている。

シンクにパックを置き、海里は夏神のほうを見た。

「リクエストどおりに、できるだけ小さい奴をあるだけ買ってきたけど、これ、どう料理すんの？　節分だから、やっぱ焼く？　それにしては小さいよな」

夏神は苦笑いでかぶりを振った。

「そんなもん焼いたら、煮干しみたいになってまうやろ。生姜《しょうが》をようけ入れて、じっくり炊くんや」

大阪出身の夏神は、煮ることをよく「炊く」と表現する。方言というよりは、古い言い方なのかもしれないが、何だか懐かしい感じがして、海里は密《ひそ》かにそれが気に入っている。

「煮物かあ。じゃ、頭とはらわた落とせばいいね？」

「おう。腹ん中まで綺麗《きれい》に洗《あろ》うて、圧力鍋《あつりょくなべ》に並べてくれ。生姜の千切りをどっさり載っけてな。何やったら、お前の味付けで煮てくれてかめへんで？」

「オッケー。や、味付けは、夏神さんに任せるよ。俺、魚の煮付けの味には、まだ全然自信ねえから」

素直に白状すると、海里はかつて夏神から贈られたペティナイフを出し、まな板の上に置いた。

流水で洗い、残った鱗《うろこ》を指で剝がして綺麗にしたイワシに斜めに包丁を入れ、頭と内臓を同時に取り除く。イワシの身は柔らかいので、指に力を入れて潰《つぶ》してしまわないよう注意が必要だし、ナイフもきちんと研いだものを使わなくてはならない。

「これさあ、落とした頭を集めると、滅茶苦茶申し訳ない気持ちになるっていうか、正直、ゾーッとするな。いきなりの虐殺感だよ」

そんな正直なコメントに、夏神は「そやろ」と同意した。

「どんなにちっこい魚でも、一尾が立派に一つの命や。精いっぱい、大事に料理せんなんと思うやろ」

「思う思う。余計、味付けは夏神さんに確認してもらおうって思う。けど、ちょっとやってみてもいい？」

「ええよ。ちゅうか、そのくらいの挑戦をせんでどないすんねん」

「うぇーい」

さっき、臆病《おくびょう》になったことを恥じる気持ちをふざけた返事でごまかし、海里は黙々と包丁を動かした。

その横で、買ってきたものを片付け終えたロイドが、ばちゃばちゃと楽しげに手を洗う。夏神に仕事を言いつかったので、早速の大張り切りなのである。

海里の隣に自分専用のまな板を置き、夏神が焼いた甘い玉子焼きを真剣な顔で切るロイドを横目に、海里は頭を落とし終えたイワシを、流水で一尾ずつ、再び綺麗に洗い始めた……。

*　　　　*

「はーい、お待たせしましたっ！　本日の日替わり、巻き寿司《ずし》どーんと一本です。ちなみに、今年の恵方はあっちです」

両手に持ったトレイを、それぞれ客の前に置いてから、海里は店の壁に取り付けた時計のほうを指さした。

テーブル席の、作業着姿の男性客ふたりは、それを聞くなり「おお」と、元気よく立ち上がった。

近所で夜間の道路補修工事に従事しているそうで、ここ二週間ほど、よく顔を見せてくれる客だ。ひとりは五十代、もうひとりは十代の、上司と部下コンビである。

「よっしゃ、こっちやな。行くで？」

「はいっ！」

海里が示した方向を揃って向くと、二人は巻き寿司にかぶりついた。立ったまま、もぐもぐと頬を膨らませ、ひたむきに食べ続ける。

他の客たちは、最初から切って食べることを選んだり、最初の一口だけは恵方を向いて齧《かじ》り、「あとは切ってくれ」と頼んだり、最初から半分持ち帰ることを決めていたり、色々だが、今は皆、真剣な二人の様子を微笑ましく見守っている。

しかし、半分ほど食べ終えたところで、若いほうが先に音を上げた。

「あっ、俺もう無理。これ以上、黙って食うん無理すわ」

それを聞いて、上司のほうも、これ幸いと巻き寿司を皿に戻し、どっかと椅子に腰を下ろした。

「なんや、だらしないなあ。無言で一本食いきる言うとったやないか」

若者は、口いっぱいの巻き寿司をお茶で流し込んでから、脱色したパサパサの髪を片手で荒っぽく撫《な》でつけた。

「いやー、楽勝やと思うたけど、全然減らへんのですもん、この巻き寿司。むしろちょっとずつ増えとん違いますかね。それに、なんぼ旨《うま》くても、黙って食うてたら息が詰まりますわ」

「それもそうやな。俺も正直、ちょい味に飽きよった」

上司もいささかホッとした様子でそう言い、既に厨房《ちゅうぼう》に戻っていた海里に声をかけた。

「そやけど兄ちゃん、アレやろ。巻き寿司は、恵方を向いて黙って一本完食せんと、御利益ないん違うんか?」

突然問いかけられた海里は、にこやかに、しかし戸惑いを隠せず、首を捻《ひね》る。

「いやー、どうなんでしょうね。ねえ、夏神さん?」

サラリと話を振られた夏神は、新しい味噌汁《みそしる》用の出汁《だし》を引きながら、こちらも若干鈍い口調で答える。

「そうですなあ。いわゆる恵方巻きは、そもそも『福を巻き込む』っちゅう意味合いらしいですし、恵方を向くんは、そっちに歳得神《としとくじん》さんがいてはって、向くだけでめでたいかららしいですけど。無言で食う理由は、そう言われてみたら、俺もよう知りませんわ」

「なんや、兄ちゃんらも知らんのか。ほな、俺らが知らんでもしゃーないな。せやけど、ほんまにそうなんやろか? 他のお客さんはどないしとんねんな」

「どうですやろ。店開けてそろそろ六時間経ちますけど、一本を無言で食い切ったお客さんは、まだいてはりませんよ」

夏神の言葉に、上司も部下もホッとした様子を見せる。

「ほらー、やっぱし無理なんですて」

「そうやんなあ。途中で味噌汁も飲みたければ、話もしたいわな」

「そうですよ。無言で一本とか、苦行ですやん。ねえ、大将」

またしても会話に招き入れられ、夏神は苦笑いで同意する。

「まあ、俺としては、美味《おい》しゅう食べてもらえるんが一番ですわ。勿論《もちろん》、作るときは、お客さんにええことありますようにて思いながら巻きましたけど」

「おっ、そらおおきに。そない言われたら、巻き寿司がえらいありがたみのある食い物に思えてきたで」

　上司がおどけた調子でそう言い、他の客たちもどっと笑ったそのとき、入り口のほうから、呑気《のんき》な声が聞こえた。

「あのー、僭越《せんえつ》ながら、無言で食べるのは、『願い事を心の中で唱えながら食べるので、喋《しゃべ》っている場合ではない』とか、『喋ると口からせっかく入れた福が逃げてしまう』とかって意味合いがあったと思いますよ」

　店内の視線が、いっせいに声の聞こえたほうに集中する。

「あっいや、僕も聞いた話なんで確証はないんですけどね。っていうか、外まで声が聞こえていたもので、ついナチュラルに割り込んでしまいました。申し訳ない」

　注目を浴びて面食らったのか、両手を振って慌てる男の姿に、夏神も海里も、客が去ったテーブルを片付けていたロイドも、あっという顔をする。

　それは、店の常連客であり、売れっ子小説家でもある、淡海五朗《おうみごろう》だった。

　長身痩軀《そうく》を仕立てのいいロングコートに包み、古びたカレッジマフラーをグルグルと首に巻き付け、おまけに大きなマスクをした、サスペンスドラマなら真っ先に犯人と疑われそうな胡散臭《うさんくさ》い出《い》で立ちである。

淡海は山の手に自宅を持っており、かつてはしょっちゅう深夜の散歩がてら、「ばんめし屋」に夜食を求めてやってきていた。

しかし最近は、小説の執筆以外にテレビやラジオへの露出が増え、東京で過ごすことが多くなって、店にはあまり顔を見せなくなった。

そこへ、年末の騒ぎである。

発売前から話題だった新作について、淡海が「主人公のモデルは海里であり、映画化の際の主役には、海里を希望したい」という主旨の爆弾発言をテレビでしたせいで、すっかり「元お騒がせ芸能人、現一般人」として平和に暮らしていた海里は、再び騒動に巻き込まれかけた。

家族や夏神のおかげで、波風が大きくならないうちに一応の収束をみたが、その事件の後、淡海が店にやってきたのは、今夜が初めてだ。

海里の中にも複雑な気持ちがまだあるが、夏神はもっと大きなわだかまりを抱えたままなのだろう。淡海の顔を見ても、いつものように笑顔で「いらっしゃい」とは言わず、大きな口を引き結び、黙り込んでしまった。

誰に対しても人懐っこいはずのロイドも、空っぽの食器に触れた中途半端な姿勢で固まり、夏神の様子を心配そうに窺《うかが》っている。

（ヤバ、他のお客さんが怪しむじゃん。淡海五朗だってバレたらまた話がややこしくなるから、ここは目立たない席に座ってもらって……）

焦った海里は、いちばん奥まったカウンター席に淡海を案内しようと咄嗟《とっさ》に考えた。

しかし、彼が口を開く前に、部下の若者のほうが、困り顔で淡海に問いかけた。

「ほな、もう大将が込めてくれた『ええこと』は、逃げてしもたんですか？」

「いやあ、少なくともこの店に関しては、マスターの祈りはお米の一粒ずつに宿って、お客さんの胃袋にしっかり収まっていると思いますよ」

「マジすか！」

嬉《うれ》しそうに声を弾ませる若者に、淡海は夏神たちの視線を敢《あ》えて無視する状態でさらに言葉を継いだ。

「ええ。まあ、節分にまつわる説は色々あるようですけど、とにかく美味しく食べることが、何より福につながるんじゃないでしょうか。美味しいって、それだけで十分な幸せですからね。僕はそう思いますよ」

「おお、兄さん、ええこと言うわ。ほんま、めっちゃええこと言うたわ。そうや、何でも美味しゅう食わなアカン。おっ、このイワシ、最高やな。焼いたんもええけど、これは丸ごと食えてええな！」

工事現場で働いているので、自然とそうなってしまうのだろうか。上司は、怒鳴っているのかと思うほどの大声で淡海を褒め、ついでに、二尾まとめて頬張るなり、イワシの煮付けの味も褒めてくれる。

淡海の登場以来、ずっと顰《しか》めっ面だった夏神も、さすがに他の客たちに愛想悪く振る舞うわけにはいかず、ぎこちない笑顔で礼を言った。

「おおきに。去年までは焼いたイワシをつけよったんですけど、食うんが面倒やて言うお客さんが多うて。お子さんも難儀しとる様子でしたしね。ほんで今年は、小さいイワシを圧力鍋《あつりよくなべ》で炊きました。生姜《しようが》で臭みは消えるし、圧かけとるから骨まで柔らこうなって、丸ごと食えますしね」

「ホンマや。ええ箸休《はしやす》めやな。きっと明日《あした》には、俺らの骨も強うなりよるわ。お、豆も旨いな。何年ぶりに食うたやろ」

「そら、よかったです。座ってゆっくり召し上がってください」

「おう、そうさしてもらうわ。まだまだ朝まで長丁場やからな」

そんなやり取りを聞きながら、海里は言葉ではなく視線で、淡海を奥の席へと誘導する。淡海も、それ以上何も言わず、コートを脱いでさりげなく指示された席に着いた。

ほぼ目の下までマスクに覆われているせい、そしてレンズに薄く茶色が入った伊達《だて》眼鏡で、いささか雰囲気が変わっているせいもあるだろうか。店内の客は、彼が淡海五朗であることに気付かない様子だ。

海里が熱いほうじ茶をいれた湯呑《ゆの》みを前に置いたタイミングで、淡海は小さな声で言った。

「お客さんがいなくなるまで、待つよ」

海里はやはり無言で頷《うなず》き、夏神を見る。海里の顔つきで、淡海が何を言ったか悟ったのだろう、夏神は広い肩をそびやかすことで、了解の意を伝える。

「すいませーん、お茶ください。あと、巻き寿司《ずし》、家族に食べさせたいんだけど、持ち帰りって無理ですか？」

珍しく畏《かしこ》まって座っている淡海のことは気に掛かったが、他のテーブル席からそんな嬉しい声がかかっては、即座に対応せずにいられない。

「あ、俺が行くよ」

洗い物を始めたものか、お茶を煎《い》れたものか逡巡《しゅんじゅん》する様子のロイドに声を掛けると、海里は気持ちを切り替え、

「お茶、すぐお持ちします。持ち帰りは、今日は特別に、一本とか二本とかなら大丈夫っすよ！」

と、明るい笑顔と声で答えた……。


「ありがとうございました！　福は内ー！」

そんな節分ならではの挨拶《あいさつ》で店の外まで客を見送り、海里は両手で二の腕をさすりながら店に入ってきた。

結局、二人で巻き寿司三本を平らげた賑《にぎ》やかな上司と部下も帰り、客が途切れた店内は、しんと静まり返っている。

席に着いてから一言も発していない淡海はともかく、夏神とロイドも、手を止めてじっと厨房《ちゅうぼう》の中で突っ立っている状態だ。

「うう、凍りつくくらい寒いよ。夏神さん、しばらく暖簾《のれん》下ろしとく？」

海里の質問に夏神が答えるより先に、声を上げたのは淡海だった。

「いや、そこまで長居するつもりはないから、いいよ。商売の邪魔はしたくない」

それを聞いて、真っ先に反応したのは、淡海をチラチラ見つつも珍しく発言を控えていたロイドだった。

「そうは仰《おっしゃ》っても、もうおいでになってから一時間あまり経っておりますよ。ここまでお待ちになったのですから、存分に申し開きをなさっていかれては？」

口調こそ穏やかだが、いつも温厚なロイドにしては珍しく、言葉選びに棘《とげ》がある。夏神も、硬い表情で海里に短く言った。

「三十分だけ、下ろしとけ」

「了解」

海里は暖簾を片方だけ外して斜めに立てると、「営業中」の札を引っ繰り返し「休憩中」にしてから再び店に戻った。

敢えて厨房には戻らず、食器が残ったままのテーブル席の椅子を引き、腰を下ろす。

再び沈黙が落ちた店内で、淡海はスッと立ち上がった。

マスクと眼鏡を外して素顔になった彼は、最初に海里のほうを向いて深々と一礼してから、同じだけ深く、厨房の中の夏神とロイドにも頭を下げた。

「僕の『天を仰ぐ』の映画化キャストの件で、五十嵐君にもマスターにも、きっとロイドさんにもご迷惑をおかけして、すみませんでした。お詫《わ》びに伺うのが遅くなったのも、本当に申し訳なかった。やっとこちらに戻って来られたので、その足で伺いました。皆さんに、その……殴られる覚悟で」

　頭を上げ、いつもの飄々《ひょうひょう》とした調子で詫びた淡海のほっそりした顔には、緊張による微《かす》かな強張《こわば》りが見てとれる。いつもどおりの様子を装っていても、見かけほど平常心ではないらしい。

　海里は、そんな淡海をちょっと笑ってからかった。

「今って、テレビに出てるときより緊張してるんじゃないですか、淡海先生」

　誰よりも当事者である海里に、そんな風に「弄《いじ》られる」とは予想していなかったのだろう。淡海はあからさまに驚いて、細い目を見開く。

「五十嵐君……いや、そりゃまあ、殴られるのは人生初だから、緊張するさ」

「殴られる前提なのがおかしいな」

「だって、君たちに大変な思いをさせてしまったことは事実だし」

「そりゃまあ、そうなんですけど。いいから、まずは座ってくださいよ」

　海里に促され、淡海はどこか所在なさそうに再び着席する。

　いつもは自由人を絵に描いたような淡海が、就職活動中の学生のように両手を腿《もも》の上にきちんと置いている。それを切なさ半分、可笑《おか》しさ半分で見やり、海里は小さな咳払《せきばら》いをしてから口を開いた。

「あの、謝るとか以前に、もう一度、ちゃんと話を聞かせてください。淡海先生は、敢えてテレビで俺の名前を出すことで、芸能界復帰のチャンスをちらつかせて、俺がどうするか見たかった的なことを言ってましたよね？　作家の好奇心だって」

「うん、言った。そして、それは本当だ。僕は、君を主人公のモデルにしただけじゃなく、芸能界に未練のある元芸能人が、再デビューの機会を与えられたらどんな反応をするか、その実験台にもした」

不誠実な振る舞いを正直に認める淡海の言葉に、夏神のバンダナの下の太い眉《まゆ》がギュッとひそめられ、ロイドは不満げに口を尖《とが》らせる。

だが、海里は自分でも少し驚くほど、冷静かつ穏やかな気持ちでいられた。

海里だけは、年末、約束どおり、新刊の見本を彼に届けるためにだけ、東京からやってきた淡海と会っている。そのときの、悪者を気取っていても罪悪感を隠せなかった淡海の姿がいつも心にあって、次に会ったときはどんな風に話そうかと、何度もシミュレーションできたせいもあるだろう。

「そういうの、弄《もてあそ》ばれたとか言うんですよね、きっと」

「おそらく」

「でも俺、たぶん相当にわかるんですよ、その気持ち」

正直に打ち明けた海里の言葉に、夏神は意外そうな顔をする。ロイドは、カウンターに両手をついて身を乗り出した。

「まことでございますか？　我が主《あるじ》にも、そういう……何と申しますか、サディスティックな一面が？」

「いや、サディスティックっていうよりは、自分本位っていうか、無神経っていうか、そういうことだったと思うんだけど」

そう前置きして、海里は少し遠くなった過去を追いかけるように、虚空を見て言った。

「俺が芸能界デビューしたミュージカルで演じたキャラクター、スポーツに青春を捧《ささ》げてたのに、ライバルである主人公との対決で怪我をして、それが原因で、最終的には競技の世界から去らなきゃいけなくなるんだ」

「おお、それはつろうございますね」

まるで海里自身のことのように、ロイドはオロオロした声を出す。

「だけど俺、部活でスポーツに打ち込んだ経験そのものがなかったから、それってどんな気持ちなのか、上手《うま》く想像しきれなくてさ。で、どうしても知りたくて、高校時代の同級生に電話したんだよ。インターハイに出る資格をゲットしたのに、試合前日に骨折して、結局ダメになっちゃった奴がいたのを思い出してさ」

「まさかお前」

夏神は、信じられないといった声を出す。海里は、恥ずかしそうに首を縮こめた。

「その、まさか。怪我したとき、どんな気持ちだった？　もう治療しても元の状態には戻らないってわかったとき、どんな気持ちだった？　今、その競技で活躍してる同年代の奴等を見て、どう思う？　そんなことを訊《たず》ねて……即、絶交された」

夏神は、苦虫を嚙《か》み潰《つぶ》したような顔で、太い腕を組んで吐き捨てた。

「そらお前、最大限の身内割引を利かしても、最低としか言われへんな」

「俺もそう思う。けど、あんときは必死だったんだよ。どうしても、チャンスをものにしたかった。どう頑張っても想像しきれないところを、何とかして埋めたかった」

「それは、友達を踏みつけにする理由にはならんやろ」

「ならない。今は、マジで悪いと思ってるし、いつかあいつに会う機会があれば、滅茶《めちゃ》苦茶謝りたいと思う。今の淡海先生みたいに」

淡海は、静かに同意する。

「そうだね。僕も今、心から君に申し訳ないと思ってるよ。ただ同時に、君を試して得たものに、とても満足してもいる。僕の好奇心は、大いに満たされた。今の僕に出来るのは、君に謝ること、同時に、君がくれたインスピレーションを、きちんとこれからの作品に生かしていくこと……だと思う。それだって結局、君をまた利用することになるわけだけど」

あまりにも正直な告白を聞いて、海里は、思わず口元に小さな笑みを浮かべた。

「そこは俺より先生のほうが、心がずっと頑丈なんだなあ。それに先生、俺が嫌がっても、新作に俺からゲットしたネタを織り込むの、やめるつもりはないんでしょ？」

淡海は背筋を伸ばし、毅然《きぜん》とした態度でそれを認める。

「ないね。そこで『じゃあ、やめます』と言える程度なら、最初から人を試して利用しようなんて考えるべきじゃない。それは、罪悪感とは別の、僕なりの覚悟だ」

「覚悟……」

「うん。勿論《もちろん》、僕だって自分が経験していない、できないことについては、勉強するし、想像だってする。でも、それ以上のもの……リアルタイムで剝《む》き出しの生の感情を見たい、揺れ動きながら人生を左右する選択を行うさまを目の当たりにしたいという欲求を、今回は抑えることができなかった。それはたぶん、作家の身勝手な性《さが》なんだろう。僕は、自分の醜さを受け入れて行動した。そうして君たちを傷つけた以上は、作品の形に昇華させるまで、やり抜く覚悟だ」

夏神とロイドは、思わず顔を見合わせる。二人にとっては、淡海の言葉は、まさに妄執としか思えなかったのだろう。

だが海里は、淡海の言葉を嚙みしめるように頷《うなず》き、再び口を開いた。

「だったら、いいです。俺にはもう言うことはないです」

「五十嵐君……」

ヤケクソじゃないですよ、と言い置いて、海里は笑みを深くする。

「俺、そんな風に踏み台にされるのは、人生二度目なんです。一度目は、例の女優のときですけど。だから、前回よりはちょっと冷静でいられる気がして」

「イガ、こういうときに冷静でいる必要はあれへんやろ」

夏神は唸《うな》るように口を挟んだが、海里はゆっくり首を横に振った。

「利用されるのは、何度経験したって嬉《うれ》しくはないです。正直、ムカつきます。けど、前回のときも今回も、俺、浮き足立ってた。前んときは、芝居で芽が出ない自分から目を逸《そ》らして、バラエティで楽して注目を浴びてる自分に酔ってた。そんで、足を掬《すく》われた」

夏神と出会い、この店に居着くきっかけになった事件のことを思い出し、海里はちょっと顔をしかめる。

時間の経過と共に、少しずつ生々しさは薄れてきたものの、辛《つら》い記憶に変わりはない。思い出すことには、それなりの痛みを伴うのだ。

それでも海里は、話をやめようとはしなかった。

「そんで今回は、ササクラサケルさんの舞台に、たった一度、偶然のチャンスで出してもらっただけで、やっぱり芝居は楽しい、演じるって素晴らしいって役者気取りに戻っちゃってさ。勿論、すぐ芸能界に戻ろうなんて思うほどおめでたくはないけど、それでもまた、右足の踵《かかと》くらいは浮いてたと思うんだ」

海里の視線は、やや困惑気味に海里の話に耳を傾ける淡海へと向けられる。

「淡海先生は、俺を利用して好奇心を満たせたし、ネタを拾えた。でも俺も、また調子に乗りかけてたところに冷や水ぶっかけてもらえて、今度はこっ酷《ぴど》くやらかす前に、地に足を付け直せた気がします。だからまあ、WIN　WINですよ」

「……そう？」

「はい。先生にも、俺に自分を見つめ直させようって気持ちもちょっとはあったでしょ？　俺を利用するのと同時に」

するとと淡海は、酷く恥ずかしそうに、癖のあるもじゃもじゃ頭を掻《か》いた。

「まあ……うん、ちょっとくらいはね」

「だったら、やっぱり俺に謝ってくれる必要はないです。ただ、夏神さんやロイドは」

「うん、お二方には、僕が一方的にご迷惑をおかけしてしまった。重ねてお詫《わ》びします。本当に、申し訳ありませんでした」

そう言いながら再び立ち上がろうとした淡海を、夏神は大きな手のひらで制止した。

「マスター……」

「そういうことやったら、俺にも謝ってもらわんでええです。イガが納得できるんやったら、それでええ」

夏神はそこでようやく、ずっと険しかった表情を和らげた。ロイドも、膨れっ面ながら、夏神に倣う。

「わたしと致しましては、せめて心の中では淡海先生をぽかぽかしたいところでございますが、もはや何も申しますまい」

「いや、そこは是非、心の中で僕をタコ殴りにしてください。でも……ありがとうございます」

座ったまま、それでも心を込めて頭を下げる淡海の前に夏神が置いたのは、本日の日替わり定食である、丸ごとの巻き寿司《ずし》だった。ついでロイドが、小イワシの生姜《しょうが》煮を三尾載せた小皿と、味噌汁《みそしる》の椀《わん》、それに炒《い》り豆を五粒入れた小さなおちょこを添える。

「マスター、ロイドさん」

てっきり、いくら詫びても店から追放されると予想していたのだろう。思わぬ待遇に、淡海は心底驚いて、目の前に立つ夏神とロイド、そして自分の前に置かれた定食の間で視線を頼りなく彷徨《さまよ》わせる。

「ちなみに、今年の恵方はあちらでございます」

おどけた口調でそう言って、海里は執事めいた優雅な仕草で恵方を指し示す。

夏神は、食事を勧める仕草で、わだかまりも解けたことを淡海に示しつつ、簡潔に告げた。

「この話は、もうしまいにしましょう。そこに座ったからには、先生はうちの店のお客さんです。日替わりを食わさんまま、帰ってもらうわけにはいきません」

「そうですとも。お客様に福来たれと、気持ちを込めてわたしが巻きました……ものも、数本はございます。先生にお出ししたのがそれか否かはわかりませんが、いずれにせよ、三人のうち、誰かに言祝《ことほ》がれた恵方巻きでございますよ」

「やあ、それは素敵だな。お詫びに来て、福をいただくとは望外の喜びだ」

軽い口ぶりと裏腹の泣き出しそうな顔でそう言うと、淡海は巻き寿司を持って立ち上がった。そして、海里が示す恵方を向くと、「では」と、見たことがないほど大きな口を開け、巻き寿司に齧《かじ》りついた。

三人が笑顔で見守る中、頰をリスのように膨らませて咀嚼《そしゃく》しつつ、淡海は椅子に座った。巻き寿司を皿に置き、お茶の助けを借りて無事に嚥下《えんげ》すると、彼は満足げに溜《た》め息《いき》をついた。

「美味《おい》しいな。ここで恵方巻きをご馳走《ちそう》になるのは初めてだけど、お寿司屋さんの巻き寿司より美味しいよ」

「そら、褒めすぎですわ」

「いや、ホントに。こう、酢飯も干し椎茸《しいたけ》も、かんぴょうも、卵も、でんぶも、高野豆腐も、ぜんぶ甘いでしょう？　それを、この見事に黄色い沢庵《たくあん》の塩気が、きりっと引きしめているんだねえ。沢庵入りの巻き寿司なんて、初めて食べたんじゃないかな」

それを聞いて、海里は「あー」と同意の声を上げた。

「俺も去年、初めて食べたときビックリしました。最初は、お新香巻きじゃあるまいしって思ったんだけど、食ってるうちに癖になるっていうか、馴染《なじ》むっていうか」

「僕は、好きな味だよ。これは、マスターのオリジナル？」

夏神は、湯呑《ゆの》みに汲《く》んだ水を飲みながら、空いた左手を振ってそれを否定する。

「違うの？」

「昔ながらの大阪の巻き寿司には、よう沢庵が入っとるんですわ。俺も、祖母が巻いてくれる沢庵入りの巻き寿司で育ったんで、自分が巻くときも、入れんとおれません。沢庵が入っとらん巻き寿司は、福神漬けを忘れたカレーライスみたいなもんですわ」

「へえ、なるほどなあ。美味しいもんだ。これ、東京でも流行《はや》りそうだよ？」

「そらどうか知りませんけど。よかったら、あとは切りましょか？」

「助かる。僕は嚙《か》み合わせがあんまりよくないから、丸かぶりはちょっと厳しい」

そう言って皿ごと巻き寿司を夏神に託した淡海は、おちょこから豆をつまみ、ポリポリといい音を出して咀嚼する。

そのタイミングで、海里はおずおずと切り出した。

「あの、先生」

「うん？」

「実は、俺も言わなきゃいけないことがあって」

「えっ？　何だい？」

今度は、海里が立ち上がる番である。片手で髪を撫《な》でつけてから、彼はこう打ち明けた。

「実はやっぱむかついてたとこもあるし、自分がモデルで気恥ずかしかったとこもあるしで、せっかく東京からわざわさ持って来てもらった見本、まだ二ページくらいしか読めてないんです。すいません」

ペコリと頭を下げる海里に、淡海はあっけらかんと笑った。

「いいんだよ、そんなの。そのままゴミ箱に直行でも、文句は言えないんだから。あげたものは君のものだから、読むなり放置するなり転売するなり、好きにしてよ」

「サインに俺の名前が入ってるから、転売は無理ですよ」

「はは、それもそうか。でもまあ、二ページでも読んでくれて嬉しいよ、本当に」

「だって先生、俺が原稿を読ませてもらったときにはなかった序文が、いきなりあったじゃないですか」

「ああ、そういえば」

海里は淡海の傍に立ったまま、駄々っ子のように口を尖《とが》らせた。

「ずるいですよ。不意打ちだったですもん。主人公が、ビルの谷間のゴミだらけの地面に座り込んで、やけに今夜は空が高いなあ、昨日までは星が摑《つか》めそうに思えてたのになあって夜空に手を伸ばすシーンを読んだだけで、なんか泣きそうになっちゃって、続きが読めなくなったんです。あ、これ、ホントに俺がモデルだって」

「……それは、褒めてくれてるのかな？」

「や、よくわかんないですけど、とにかく、俺的には感情移入しすぎて、きっつい序文でした。なので、続きを読むにはちょっとガッツが必要そう」

「そりゃゴメン。でもまあ、無理せず、いつか読んで。それはそうと」

夏神が手際よく切った巻き寿司の皿を受け取り、一切れ口に入れてもぐもぐ咀嚼しながら、淡海はさりげない調子で海里に問いかけた。

「僕が君の心を揺さぶり、君は地に足を着けた。それで君は、これからどうするつもりなの？　今回、僕のオファーを拒絶して、芸能界復帰を見送ったのは、芸能界をきっぱり諦《あきら》めたってことなのかな？　それとも……」

海里はやはり立ったまま、けれど今度は少しも迷わず答えた。

「当分は、芸能界に戻ることは考えずにいようと思います。俺、やっぱまだまだ甘いっていうか、心がブレブレっていうか。今戻っても、また簡単に舞い上がってやらかしそうだって、今回、思い知ったんで」

「でも、それは、当分、なのかい？」

海里は頷《うなず》く。

「当分、です。俺は頭がよくないから、先の先まで見通すなんて無理ですし。今とちょっとだけ先の話をするのが精いっぱい」

「じゃあ、今は？」

探るように問いかける淡海に、海里はちょっと警戒してみせる。

「それも、まさか……」

「いやいやいや！　これは好奇心とかそういうのじゃなく、真面目に訊《き》いてる。でも、僕なんかに話したくなければ、黙っておいてくれていいよ」

「別に嫌ってほどじゃないですけど。『取材』じゃないなら、まあいいや」

再び笑顔に戻り、海里は椅子にストンと勢いよく座った。そして、長い両脚を投げ出すような姿勢で、サラリと告げた。

「軸足をここにおいて、店の手伝いも料理も頑張りながら、芝居ともつながっていたい。俺、芸能界に戻りたいんじゃなくて、芝居が好きなんです。他はブレブレでも、そこはどーんと据えなきゃいけない軸だと思ってます。何をどうしたらいいかは、まだわかんないですけど」

それを聞くと、淡海は狐を思わせる細い顔をクシャッとさせて、妙に嬉《うれ》しそうな笑顔になった。

「そりゃいいね。そういうことなら、ささやかな罪滅ぼしに、少しだけお役に立てるかもしれない」

「へ？　また何か斡旋《あっせん》してくれるつもりですかぁ？」

「そんな胡乱《うろん》な目つきをしないでよ、信用がないのは自業自得だけどさ！」

困り顔でそう言いながら、淡海は柔らかな素材のジャケットのポケットを探り、一枚のカードを引っ張り出して、海里に差し出した。

「これ、よかったら」

「……はい？」

一応、恭しく両手で受け取った海里は、その手のひらに収まる、名刺サイズのカードを眺めた。

ぞんざいにポケットに突っ込んで、しばらくそのままだったのだろう。わりに分厚く硬いカードは、四隅だけがふやふやに柔らかくなってしまっている。

わら半紙のような茶色いカードには、まるで彫りこんだようなクッキリ凹《へこ》んだ文字が並んでいる。

おそらく、活版印刷の手法を使ったものだろう。

メールアドレスと住所、電話番号と共に、"Chez Storatos" という文字が並んでいる。

「なんでございます?」

我慢出来ずに厨房《ちゅうぼう》から出て来たロイドは、海里の背後に立ってカードを覗《のぞ》き込み、「むむ?」とオウムのような首の傾げ方をした。

「名刺でございますか?」

「名刺というか、ショップカードだね」

「ああ、店かあ。ロイド、これ、なんて読むんだ?」

「はてさて」

「何だよ、お前、イギリス生まれだろ?」

「海里様、これは明らかに英語ではございません。おそらく、フランス語ではないかと」

「そうなの？」

「もしや、アルファベットで書かれたものは、すべて英語だとお思いなのでは？」

「や、そういうわけじゃねえけど」

お互いに呆《あき》れ合う主従を可笑《おか》しそうに見ながら、淡海は説明を始めた。

「その店名は、『シェ・ストラトス』って読むんだ」

「どういう意味なのでございますか？」

「ストラトスというのは、成層圏って意味だそうだよ。まあ、それだとあまりに堅苦しいから、『空の高いところで』みたいな訳がいいんじゃないかな」

海里とロイドは顔を見合わせてから、なおもカウンターの向こうにいる夏神のほうへ顔を向ける。

夏神は、何か美味《おい》しくないものを口に入れてしまったような顔で、小さく首を横に振った。

「俺にはさっぱりわからへんで。先生、そのけったいな名前の店、何屋ですか？」

ストレートな質問に、淡海はすっかりリラックスした笑顔で答える。

「何屋っていうか、カフェとバーを兼ねたような店だよ。僕の知り合いに、テレビ局のプロデューサーがいたんだけどね。彼がテレビ局を辞めて、生まれ故郷のこっちへ帰ってきて、店を始めたんだ」

「そらまた、思いきった転職ですな」

「んー、不規則な生活が長かったせいか、体調を崩したみたいだね。あと、親御さんの介護があるから、時間的に融通の利く自営業を選んだみたいだよ。根は真面目な男なんだ。今は昼間は介護にあてて、夜だけ営業してる」

海里は、ショップカードの表面と、簡単な地図が印刷された裏面を交互に何度か見てから、怪訝《けげん》そうに淡海に訊《たず》ねた。

「大変だなあ。それはそうと、カフェ兼バーを紹介してくれるって、どういうことですか？　俺、そういう意味での転職は、考えてないっすよ」

「まさか、引き抜きですか？」

夏神は再び、ギョロ目に力を込める。海里からは迷惑そうに見られ、夏神には睨《にら》まれ、ロイドには無言で微妙に詰め寄られて、淡海は両手を小さく挙げて降参のポーズを取った。

「あのね、僕がいちいち疑われるのは、本当に身から出た錆《さび》だから仕方がないけど、そんなわけがないだろ？　僕がその店を紹介したい理由は、マスターが、店のステージに立つ人を探しているからだよ」

「ステージ⁉」

淡海は、三日月形の目をパチパチさせた。声のトーンを跳ね上げた海里の頭に、ぴょこんと立ったウサギの耳の幻影が見えたような気がしたからだ。

そのくらい高揚した様子で、海里は淡海を見た。

「ステージって？　ここの店、ライブハウスってことですか？」

「うーん、そこまでじゃない。小さな店の中にある、それはそれは小さな舞台なんだ。たぶんアップライトのピアノを置いたらもう椅子を置くスペースが残っていないくらい」

「小さッ」

大きさを想像して、海里は思わず驚きの声を上げる。

「小さいんだよ。防音性だって、素晴らしく高いわけじゃない。だからね、せいぜい一人か二人でアコースティックの演奏とか、ストレートプレーとか、朗読とか、落語とか」

「落語……」

「いや、それは僕が咄嗟《とっさ》に捻《ひね》り出したものだけど、とにかく少人数、しかもアナログでできるようなイベントを計画したいらしくてね。特に公募はせず、現時点では、プロかセミプロで人づてに探したいって聞いたものだから、君を推薦してみようかと思うんだけど」

それを聞くなり、ワクワク一色だった海里の顔に、不安の色が微妙に交じる。

「元芸能人って、プロかセミプロに入るんですかね？」

「大丈夫、一度でもプロの役者をやったんだから、君はプロだよ。そこは卑屈になるところじゃない」

「でも、俺、そんな小さなスペースで何か演じたことはないなあ」

「まあ、一度、店を訪ねて、マスターと話してみたらどう？　君が乗り気なら、僕が話を通して、マスターの都合のいい日を聞いてみるよ。その程度の仲介は、僕にやらせてほしい」

「あー……けど」

言葉を濁し、海里は夏神を見た。

その、迷い犬のような目つきを見れば、夏神には、海里の躊躇《ちゅうちょ》の理由がすぐにわかった。

夜だけ営業する他の店で仕事を得てしまえば、どのくらいの頻度になるかはわからないが、おそらく「ばんめし屋」の仕事に穴を開けることになるだろう。

夏神は、「アホか」と、いちばん短い言葉で海里の懸念を吹き飛ばした。

「夏神さん……」

「もともとひとりでやっとった店や。さすがに毎日は困るけど、週に一日や二日、お前がおらんかっても、どうにでもする。そこは心配せんでええ。話だけでも、まずは聞いてきたらどないや？」

「……いいの？」

「ええよ。っちゅうか、行ってみとうてしゃーない顔しとるやないか。そこは素直にならんかい。……先生、よろしゅうお願いします」

夏神は、大きな身体を丸めるようにして、淡海に頭を下げる。淡海は微笑んで頷《うなず》き、海里に向き直った。

「じゃあ、話を通していいんだね、五十嵐君？　おそらく、話が進めば、先方のオーディションを受けてもらうことになると思う。元テレビマンだから、見る目はなかなか厳しいかもしれないけど」

「は、はい。ビビりますけど、よろしくお願いします！」

海里も、勢いよく頭を下げる。

「これは、楽しみでございますねえ」

どうやら、眼鏡の姿で、海里のオーディションに同行する気満々らしい。ロイドは淡海が来たときとは打って変わって、ニコニコ顔で何度も頷いた。

淡海との関係が再び優しい、穏やかなものに戻ったことを心から嬉《うれ》しく思いつつ、海里は、彼がもたらしてくれた新しい風に、不安と期待を抱いて目を輝かせる。

この小さな、しかし確かな一歩が、自分を思わぬ場所へ導くことを、海里はまだ微塵《みじん》も知らずにいた……。

二章　新しいこと、古いこと

「ここか」

足を止めた海里は、ずっと緩めていたネクタイを、慎重に締め直した。

じっとしていると、山から吹き下ろす風の冷たさに、身体が勝手に震えてしまう。

「寒っ」

ピカピカの革靴で小さな足踏みをしながら、彼は辺りを見回した。

彼が今いるのは、阪急芦屋川駅より少し北側、芦屋川沿いの路上である。学校や会社帰りの人々で、意外と界隈《かいわい》は賑《にぎ》やかだ。

北、つまり六甲山のほうを向くと、夕方の薄暗がりの中、黒っぽく見える木立の向こうに、フランク・ロイド・ライトの名建築の一つ、「ヨドコウ迎賓館」の象牙《ぞうげ》色の壁面が、ぼうっと浮かび上がるように見えている。

建物自体が素晴らしいだけでなく、オリジナルの内装や家具が多く残っているらしい。海里も一度は訪ねてみたいと思いつつ、未《いま》だに果たせずにいる施設である。

地元であるせいで、「いつでも行ける」と高を括《くく》ってしまい、つい後回しにしてしまうのだ。

『何度見ましても、美しい建物でございますねえ。惚《ほ》れ惚《ぼ》れ致します』

　ジャケットのポケットに収まった眼鏡姿のロイドが、海里にしか聞こえない声で話しかけてくる。

「だな。ちょっとしか見えてねえけど、雰囲気あるわ。やっぱ今度、思いきって行こうか。桜の頃に花見がてら」

『またずいぶんと先の「今度」なことで』

「だって、店からここまで歩いてくるの、けっこう大変だったぞ。ずっと地味に上り坂だし」

『わたしは、海里様に運んでいただくだけですので、実に快適でございましたよ？』

　すっとぼけた言葉に、海里はごく小さな声で言い返す。

「そりゃそうだろうよ！　まあ、芦屋川沿いをずーっと歩くのは、スーツでさえなけりゃ、気持ちよかっただろうけど」

『海里様は日頃、カジュアルな服装ばかりでいらっしゃいますからねえ。やはりわたしのように、普段からきちんとした装いをなさっておけば……』

「だってお前、眼鏡のときは眼鏡じゃん。言うなればマッパだろ」

『何を仰《おっしゃ》いますか。眼鏡であるときとて、真っ裸ではございませんよ。わたしの魂は、セルロイドという最高の素材に包まれているのでございます』

「な……なるほど？」

『海里様も、本日は完璧《かんぺき》な紳士の装い。先方も、目を見張られることでございましょう。胸を張って、おいでなさいませ』

呑気《のんき》な口調のまま、ロイドは海里を温かく励ました。

「……おう」

海里は、短く返事をして、視線を二車線の車道のほうへ向けた。

盛んに自動車が行き交う道路の向こうに並ぶ建物のひとつ、見るからにそこそこ年代物の小さな一戸建てが、海里の今の目的地だった。

コンクリート造りの二階建てで、壁は白っぽく塗装されている。

一階には小さな窓が二つきりだが、二階には道路に面して大きな窓が並んでいる。窓が大きい分、アルミのサッシが経年変化で微妙に歪《ゆが》んでいるのがよくわかる。鉄製の手すりも錆《さ》び付いて、今にも骨組みごと落ちてしまいそうだ。

（たぶん、二階は居住スペースなんだろうな）

そんなことを考えながら平たい屋根を見上げると、二階の窓の上に、赤いペンキで「Chez Storatos」と、先日、淡海から聞いた店名が書かれていた。

（間違いない、ここだ。つか、新しく開いた店のわりに、ずいぶん年季が入ってるな）

どうやら建物の内部には、二階に上がる手段がないらしい。建物の脇に、こちらは真っ赤に塗られた螺旋《らせん》階段がある。

（しょっぱなから、予想を裏切られちゃったな。元テレビマンが開いたばかりのカフェ兼バーっていうから、てっきりお洒落《しゃれ》なビルの二階とかだと思ってたのに）

そんなことを思いながら、海里は道路を横断し、店の前に立った。

二つの小さな窓は木製の雨戸に覆われ、店内を覗《のぞ》き見ることはできない。

唯一の出入り口である狭い観音開きの扉は、細長い板をつなぎ合わせただけの実に簡素なものだ。ドアノブもなく、中央部に取り付けられた閂《かんぬき》を南京錠で固定するという、恐ろしく前時代的な施錠方法を導入しているらしい。

今、その南京錠は外されてプランと引っかけただけの状態になっており、扉は道路のほうに向かって薄く開いている。

「これ、ウェルカムってことかな」

『そうでございますとも。さ、参りましょう。このロイドがついております。何のご心配も要りませんよ』

「そこについては、心配しかねえわ」

『はて、心外な』

「いいから、絶対喋《しゃべ》るなよ？」

『心得ておりますとも』

ポケットの中でブルッと震えて、それきりロイドは沈黙する。おそらく大真面目に、「ただの眼鏡」のふりをしているのだ。

（そんなに必死でかしこまらなくても、普通に黙っててくれるだけでいいんだけどな）

海里は小さく微笑んだ。

一連の他愛ないやりとりのおかげで、肩が凝って痛むほど強かった緊張が、ほどよい感じに解けていく。

おそらくロイド自身もそういう効果を期待して、敢《あ》えてこのタイミングでお喋りを仕掛けてきたのだろう。

「ありがとな」

小声でそう言って胸ポケットに軽く触れ、海里はまず、コートを脱いで腕に掛け、扉を軽くノックしてしばらく待った。

「ほーい」

店内から、やけに軽やかな男性の声が応じる。

一度、肩を大きく上下させ、ジャケットの裾《すそ》を引っ張って身なりを整えてから、海里は「失礼します」と声を掛け、扉を開いて中へ踏み込んだ。

建物の外観が古びていても内装はピカピカの現代風、というのはよくある話だが、この「シェ・ストラトス」においては、建物の内外共に、同じスピードで歳を重ねているようだ。

てっきり、よくあるバーのように薄暗い空間かと思いきや、店内の照明はそこそこ明るく、普通の喫茶店のようだった。あるいは開店準備中だけは、明るくしているのかもしれない。

最初に目に入ったのは、入り口すぐにある短めのバーカウンターだった。

カウンターの奥の壁面にはいかにも手作りっぽい棚が三段設《しつら》えられ、酒瓶がズラリと並んでいる。

カウンターもカウンターテーブルも、無垢板《むくいた》を繋《つな》いで造った、どこかDIY感が漂うシンプルなものだ。

道路と平行にあるカウンター添いに視線を滑らせると、店の奥のほうには、これまた古そうな丸テーブルと木製のスツールがキラリと見えた。

「ええと、銀行の方？　外貨預金も保険もNISAも、やる予定はしばらくないよ。この店買うのに、けっこう使っちゃったからねえ」

カウンターに両手をついて身を乗り出した五十代くらいの男性が、にこやかに声をかけてくる。海里は慌てて両手を振った。

「あ、いえ！　俺はその、銀行員じゃなくて……」

その狼狽《ろうばい》ぶりが面白かったのだろう、男性は「うそうそ」と笑いながら、カウンターの外に出て、海里の前に立った。

小柄で、ちょっと狐を思わせる顔つきで、短めに整えた髪をきちんと撫《な》でつけている。ヒゲは生やしておらず、全体的に実にこざっぱりした雰囲気だ。

「どっちかっていうと、僕のほうが銀行員っぽいよね。ええと、五十嵐海里君？」

「あ、いえ」

「え？　五十嵐君じゃないの？」

「いやいや、あの、俺は五十嵐です！　さっきの『いえ』は、銀行員ぽくはないって意味で」

しどろもどろの海里に、男性は「そう？　だったらよかった」と快活に笑った。

一応、ネットで面接マナーなどを調べ、どんな風に振る舞おうかとあれこれ事前にシミュレーションしていた海里だが、意外な方向からの先制パンチを食らい、既に当初の予定はガタガタである。

しかも視線を下げてみると、男性は、かなり華奢《きゃしゃ》だと思われる身体に、目を剝《む》くほど派手な、深紅のセーターを纏《まと》っていた。

ただ色彩が派手というだけではない。セーターに編み込まれた模様は、爆弾……いや、イギリスのスイーツとして有名な、クリスマスプディングをマンガ化した意匠である。

まん丸のプディングにたっぷりクリームがかかり、てっぺんには真っ赤なチェリーと柊《ひいらぎ》の葉が飾られている。

（クリスマス？　節分過ぎてるのにクリスマス？　つか、どういうセーターだよ）

混乱する海里の視線が自分の胸元に注がれているのに気づき、男性は楽しげに説明した。

「これね、イギリスのＡｍａｚｏｎで通販した、クリスマスダサセーター。かの国では、何年か前から流行《はや》ってるらしいよ」

「は、はあ」

「可愛いでしょ？」

「……まあ、確かに？」

「僕はちっちゃいおじさんだし、顔も地味だし、黙って立ってるとすぐスルーされちゃうんだ。でも、このセーターさえ着ておけば、インパクト抜群でしょ？　ダサセーターのおじさんとして、強烈に認識される」

「ああ、はい！」

そこは大いに理解できるところなので、海里はつい必要以上の強さで同意してしまい、ハッと我に返った。

「いや、その、すいません。あの」

「ああそうそう、ちょっと待ってね」

男性はカウンターの片隅に置かれた名刺入れを取り、中から一枚紙片を抜き取って、慣れた仕草で海里に差し出した。

海里はさっきからずっと焦ったまま、上擦った声で謝る。

「すみません、俺、名刺を持ってなくて」

「ああ、そう？　じゃあ」

改めて両手で差し出された名刺を、海里も賞状でも貰《もら》うように、恭しく受け取った。

ショップカードは茶色だったが、今回は、眩《まぶ》しいほど白いカードだった。

やはり活版で、店名と共に、"Satoru SAYAMA"と、人名が黒々と印刷されている。

「さやま、さとる……さん?」

海里が読み上げると、男性はニコニコ顔で頷《うなず》いた。どことなく全体的に、海里の印象どおりに言えば「皇室みがある」顔立ちだ。

「そう。砂山悟と書いて、さやまさとる。音だけ聞くと、初代タイガーマスクと同じでしょ」

「タイガーマスクって、そんな何代もいるんですか?」

「いるよぉ。君みたいな若い子は、もう知らないか。まあ、とにかく、よろしくね」

「よろしくお願いします!」

軽い調子で差し出された右手を、海里は戸惑いながらも握る。

(懐かしいな、この微妙なチャラさっていうか、軽さ。確かに、テレビの人って感じ)

握手の手を離しながら、不思議な懐かしさを覚えていると、男性……砂山は、店の奥に海里を誘った。

「そっちの椅子席にでも座っててよ。何か飲み物作るけど、何がいい? 開店まではまだ時間があるから、お酒でもいいよ?」

「あ、いえ。帰ったら仕事があるんで、できたらソフトドリンクで」

「ああ、そうか。定食屋さんで働いてるんだよね? 淡海センセイが言ってた。じゃあ、ノンアルで何か美味《おい》しいのを作ろうね。遠慮しない子がおじさん大好きだから、そっちでくつろいでてよ。ネクタイなんか緩めちゃって、上着も脱いじゃっていいよ」

自分のことをおじさん呼ばわりして、砂山はさっさとカウンターの中へ戻っていく。

「ありがとう、ございます」

どうにも調子が狂うが、もともと芸能界に身を置いていた海里には、砂山の若干軽薄な感じが、むしろ懐かしく、少し嬉《うれ》しい気すらする。

さすがに上着は脱がなかったが、さっそく指でネクタイを緩めながら、海里は店の奥へ行ってみた。

中央に通路を挟んで、テーブルが左右に三つずつ配置されている。いずれも小さな丸テーブルで、四人座ればギチギチだろう。

そして通路の奥には、淡海が言っていた「ステージ」があった。

なるほど、確かに狭い。

客席から十センチあまり高いだけの、最大限広めに見積もっても二畳に満たない空間だ。床と同じ無垢板で作られた舞台の上には、ギターの弾き語りによさそうなスツールが二つ置かれている。ステージの両脇には大きめのスピーカーがあって、そこから控えめな音量で流れているのは、バー向けの音楽とはあまり思えない、爽《さわ》やかなジョン・デンバーの歌だった。

『なかなか風変わりなお店でございますね』

実に正直なロイドの感想に、海里はヒソヒソ声で同意する。

「だな。でも、不思議と居心地がよさそう」

『確かに。夏神様のお店とはまた違った古臭さがございますね』

「言い方。そこはレトロ感って表現しろよ」

一応窘《たしな》めはしたものの、確かに「古臭い」という言葉が、この店にはぴったりだ。

音響は素晴らしくいいとはとても言えないが、淡いグリーンに塗られた壁は、どうやら音を反射するというよりは、柔らかく吸収するようだ。

音質最高とは言えないスピーカーから聞こえるジョン・デンバーの歌声にも、どこか古い映画のサントラを聴いているような、枯れた味わいがある。

テーブルの下に収められていたスツールを引き出してみれば、木製の座面は飴色《あめいろ》で、ツヤツヤとしている。長年、人間に座り続けられたことによる、美しい経年変化だ。

これまたとても、つい最近、開店した店のものとは思えない。

丸テーブルの天板にも、グラスを置いたときにできるシミが無数に見受けられる。

(何だか不思議な店だなあ)

海里がぼんやり立って無人の舞台を眺めていると、背後から「お待たせ」と声が聞こえた。

振り向けば、アルミ製の、よく海外の酒場で使われているような立ち上がりの高いトレイを持った砂山が、こちらへ歩いてくるところだった。

「舞台、上がってみてもいいんだよ」

テーブルにグラスを置きながら、砂山はそう言ったが、海里はきっぱりと首を横に振った。

「いえ、そんな気軽に乗るわけにはいかないんで」

「やっぱり役者さんだねえ。いいねいいね、その気構え。ま、座ってちょうだいよ」

クシャッと相好を崩し、砂山は海里に着席を促した。

「じゃあ、失礼します」

海里はようやく忘れていた緊張が戻ってくるのを感じつつ、背筋を真っ直ぐ伸ばしてスツールに腰掛けた。

砂山は脚を組んで海里の向かいに座り、デュラレックスのぼってりした大ぶりのグラスを海里のほうへ押しやった。そして、同じ飲み物を満たした自分のグラスを軽く持ち上げる。

「では、素敵な出会いになることを祈念しまして。乾杯」

「あ、え、は、はい、かんぱい」

まるで飲み会のような「面接」のスタートにまたしても困惑させられつつ、海里は自分のグラスを、ごく控えめに砂山のグラスにコツンと当てた。

「これ、何ですか？」

「ゆずスカッシュ。お酒が駄目な人、最近多いからね。そういう人たちにも、飲む人の酔い覚ましの一杯にも、評判いいんだよ。よく混ぜて飲んでね」

「へえ。じゃあ、遠慮なくいただきます」

海里はグラスに鼻を近づけてみた。なるほど、炭酸の泡が弾《はじ》けるたび、添えられたミントの香りと共に、ゆずの爽やかな芳香が立ち上る。

真冬でも、こういう飲み物に大きく割った氷が気前よく入っていると、何となく嬉しいものだ。暖かな店内で飲むと、余計に贅沢《ぜいたく》な気分になれる。

ジンジャーエールに似た色の液体の底には、なるほど刻んだゆずの皮とおぼしき物が沈んでいる。マドラーでそれをよく掻《か》き混ぜてから一口飲んで、海里は率直極まりない感想を口にした。

「あ、滅茶苦茶《めちゃくちゃ》旨《うま》い」

すると、海里の表情をじっと見ていた砂山は、まさにお稲荷《いなり》様めいた笑顔になって、うんうんと頷いた。

「そうでしょそうでしょ。テレビマン時代から、女の子を口説くときには、よく作ってあげてたんだよね。そのゆずの砂糖漬け、自家製なんだ。母の味って奴」

「お母さんの……あ、そういえば淡海先生が、砂山さんは身体を壊したせいと、あと、親御さんの介護のために、こっちに戻ってこられたって言ってましたけど」

海里がふと思い出してそう言うと、砂山はちょっと面食らったような顔をして、それから「困ったお人だなあ、センセイは」と、今度は呆《あき》れ顔で笑った。

「違うんですか？」

「違わないし、違うって感じ」

「はい？」

「身体を壊したのはホント。ほら、プロデューサーって接待が多いでしょ。出演をお願いするには、僕が出向いて、一緒に飲むのが早い人たちもたくさんいるし。それで内臓をやられちゃってね。急性膵炎《すいえん》で、いっぺん死にかけたのよ。だから、思いきって転職したんだ。実はこんな店を経営してるくせに、お酒はもう飲めない身体なの。トホホだよ」

　膵臓のあるみぞおちのあたりをセーターの上からさすり、砂山は情けない顔で話を続けた。

「で、両親も高齢だし、一人っ子の自分もこんな身体になっちゃったし、お互い、何かあったときには近くにいたほうがいいと思ってね。親に東京に来いってのはあまりに酷だから、僕が帰ってきたわけよ」

「ああ、なるほど」

「親は二人して介護付き老人ホームに住んでるから、僕がつきっきりの介護をしなきゃいけないわけじゃない。でも、大学を出てすぐ上京して、以来、仕事が忙しすぎて、ほとんど実家に帰らなかったからね。罪滅ぼしで、しょっちゅう顔を出して、切れかけの糸を繋《つな》ぎ直す作業をしてるわけ」

「じゃあ、介護があるから夜だけ営業ってわけじゃないんですか」

「うん。単に、僕が夜型ってだけ。この上で寝起きしてるから、楽な職場になったよ」

「わかります。俺も、店の二階に住み込ませてもらってるんで」

「おっ、一緒だね。いいよねぇ、階段下りたらすぐ職場って。サトウのごはんが出来上がるより近いんだもの」

おかしな比較を持ち出す砂山に、海里は実感をこめて同意した。

「凄《すご》くいいです。絶対、遅刻しないですし、電車が事故で止まって大慌てしなくてもいいですし」

「そうそう、それ。中央線《ちゆうおう》に、どんだけ泣かされたか。やあ、君とは出会った瞬間から話が合うなあ、嬉しいな」

いかにも元テレビマンらしい人懐っこい台詞《せりふ》を口にしてから、砂山は微妙な真顔になって、海里の顔をじっと見た。

ひとえの、どちらかといえば小さな目なのだが、眼光が妙に鋭い。海里はギョッとして、グラスをテーブルに置き、畏《かしこ》まった。

「ああいやいや、気楽に。僕、当たり前だけど、君の名前も顔も知ってたよ。仕事をご一緒したことはないけど、君、朝の顔だったもんねえ。かっこよかったねえ、あの『ディッシー！』っての。結構、好きだった」

かつての自分の決め台詞と決めポーズを目の前で他人に物真似されるというのは、どうにも気恥ずかしいものである。海里は、うっすら顔を赤くして恐縮した。

「それは……その、ありがとう、ございます」

「でも、詳しいことはよく知らなくてさ。元Pの習性で、君のこと、あれこれ調べさせてもらったのよ。局にいる元部下にワガママ言って、君の資料映像をまとめて送ってもらったりして。なんかゴメンね、探偵みたいだよね」

「いえ、それは……その、当たり前だと思うんで。でも！」

つまりそれは、例の、海里が芸能界を追われる原因となったスキャンダルについても、砂山は既に知っているということだ。

それはいっこうに構わないが、一応、身の潔白だけは主張しておきたいと、海里は声に力を込めた。だが砂山は、それを片手で軽く遮った。

「わかってるわかってる。あの女優さんとこの事務所がやりそうな、えげつないやり方だよ。君の事務所じゃ、とても太刀打ちできなかっただろうね。可哀想に」

気の毒そうにそう言って、砂山はテーブルに両肘《りょうひじ》をつき、海里のほうへ軽く身を乗り出した。

「ねえ、僕の名前、ちょっと誰かを思い出さない？」

「はい？」

「こう、サ行の多い名前。君の知り合いにいるでしょ、ひとり」

悪戯《いたずら》っぽい口調で誘導され、海里はハッとした。

「もしかして、俳優のササクラサケルさん？」

おそるおそる、芸能界における大先輩の名を口にすると、砂山は嬉《うれ》しそうに大きく手を打つ。

「そう、彼。僕、彼と知り合いでね。現場をいくつもご一緒するうち、ずいぶん仲良くなって、今も連絡を取り合ってるのよ。で、偶然ちょっと前に、ササクラちゃんから君のこと聞いてたんだ。運命感じるよねえ」

「あ、まさか、それって」

「そうそう、君がピンチヒッターで出たっていう、神戸《こうべ》の舞台の話。関西にも、いい役者はまだまだ埋もれてるぞう、って言ってたのを思い出してさ。まあ、残念ながら僕自身はその舞台は見てないんだけど、彼が録画を持ってるってんで、借りたのよ」

海里はビックリして、思わずテーブルに両手を突いた。

「えっ？　あの舞台、カメラ入ってたんですか？」

「いやいや、ササクラちゃんが個人的な記録としてアシスタントに撮影させた奴だから、ホームビデオに毛が生えたくらいのものだったけどね。確かに君だったね、定食屋の親父役。今の君にピッタリの役だったんだな。道理で生き生きしてた」

「うわ。ホントに見てくださったんですね。あざま……ありがとうございます」

感激のあまりぞんざいな言葉でお礼を言いそうになり、海里は焦って言い直す。

「いやいや。僕が勝手にリサーチしただけだから、お礼を言われるようなことじゃない。

でもまあ、香盤表に名前はなかったし、老けメイクもしてたし、あれが君だなんて気付いたお客さんはいなかっただろうな」

「あ、あとでネットで、『五十嵐カイリ似の役者』とはちょろっと言われてたみたいですけどね。でも、俺だって確信した人はいなかったみたいです」

「だろうな。だって、ディッシーお兄さんしか知らない人には信じられないような、思いのほかいい芝居だったもの」

「ホントですか？」

「うん、まあ、『いい』の意味合いにもよるけど」

「意味合い？」

「うん。僕が今言ってる『いい』は、『上手《うま》い』じゃなくて『誠実』って意味」

誠実、という思いがけない評価を、海里は口の中で幾度か繰り返して噛《か》みしめる。砂山は、初めて見せる真剣な顔で、こう言った。

「芝居の上手下手とは別の評価ポイントだよ。誠実に役に向き合い、誠実にカメラの前に、あるいは板の上に立つ。誠実に、お客さんのことを考える。そういう姿勢って、たとえ大根役者でも、何故か不思議にいい印象を見る者の心に残すんだ」

「それってつまり、俺は、誠実だけど、上手くはない……」

「まあ、瑞々《みずみず》しい大根って感じだったよね」

思いのほか辛辣《しんらつ》な評価に、海里は思わずテーブルに突っ伏した。

「うう。返す言葉がないです。つまりそれって、ここのステージには立たせられないってことですよね？」

だが、砂山はむしろ不思議そうに「いや？」と、海里の質問を否定した。海里はガバッと顔を上げる。

「えっ？　だって今、俺のこと、大根って」

「僕は、瑞々しい大根って言いましたぁ。一応、褒めたつもりだったんだけどな。シワシワの大根はつらいけど、瑞々しい大根は、美味《おい》しいでしょ」

「え……ええと？」

「料理次第で生きる素材だと思った、ってこと。ササクラちゃんも、同じこと言ってた。化ける可能性はあるけど、どうなるかわかんねえなあって」

「ホントですか！」

「うん。今のその顔、いいねえ。おじさん、そういう顔する子は応援したくなる」

砂山は舞台のほうへ顔を向け、こう続けた。

「この店、以前はカフェだった建物を、居抜きで買ったんだ。一応、最低限のリノベはして防音工事もしたけど、古い家だから隙間が多くてね。音はどうしても漏れるのよ。だから、でかい音は立てられない。前は公共の道路だし、隣と裏は普通の住宅だし」

「なるほど」

「前の店主がほぼＤＩＹで建てた家みたいでね。その素人っぽさが気に入って即決したから、あんまり手を入れたくなかったのよ。それに、ただ静かに飲みたい人だっているから、今のところ、イベントは週に三日やってる。月曜と金曜はアコースティック楽器と歌。今は、ギター弾き語りの子や、フルート奏者なんかに交代で来てもらってる。みんな、音大の学生さん」

「へえ。で、あと一日は？」

「本当は一人芝居でもしてもらいたいんだけど、この狭さだし、客席との距離は激近だし、お客さんが集中しちゃって、飲み物のオーダーが絶対止まるでしょ。店潰《つぶ》れるでしょ」

講談師のようなテンポのよさで一息に言い、砂山はゆずスカッシュを一口飲んでから話を続けた。

「でね、今は朗読に来てもらってるの。著作権の切れた文豪ものの他にも、仲良しのよしみで、センセイ……淡海五朗の短編も読ませてもらってる。ゆくゆくは、この店専用の作品を書き下ろしてくれるって約束だけど、センセイ忙しいから、いつになるやら」

朗読という言葉に、海里は目を輝かせた。

「俺、淡海先生が指導してる朗読教室に、ほんの短い間でしたけど、参加させてもらったことがあるんです。もしかして、あそこのメンバーですか？」

「いや、朗読はさすがにプロにお願いしてる。このちょっと上に住んでる女優さんがいてね。その人に来てもらってるんだ」

「あ……そうですか。じゃあ、俺の入る隙間なんて、ないんじゃないですか？」

早くもガッカリする海里に、砂山は笑いながら手を振った。

「いやいや、君を落胆させるために呼んだわけじゃないから。彼女がね、もうひとり朗読者がいたら、もっと色んな挑戦ができるのにって言うもんだから、ちょうど相手を探してたんだよ。こうして君と実際会って話してみて、君ならいいんじゃないか、と、僕は今、感じてる」

「じゃあ！」

「でも、決定権は彼女にある。組んで朗読をしてもらうわけだし、彼女のほうがキャリアの長い役者さんだからね。そこで、ご提案です。僕が間に入るから、彼女のオーディションを受けてもらえないかな？」

「朗読の相手役のオーディション、ってことですか？」

「そうそう。彼女もきっと、興味を持つと思うんだよ。ちょうど明日《あした》は水曜日、彼女がここで朗読を披露する日だから」

海里はぶわっと全身に鳥肌が立つのを感じつつ、素直に狼狽《ろうばい》を口に出した。

「明日って！　全然準備とかできない……」

「しなくていい。素の君を見てもらおう。それがいちばんいいじゃない。掛け値無しの実力っていう底値を見せれば、あとは上がるだけだよ？」

「いや、底値でガッカリされてオーディションに受からない可能性も」

「人生、常に明るいほうを見ていこう。モンティ・パイソンもそう言っている」

やけにきっぱりと言い放ち、砂山は自分から席を立った。

「よし、話は決まり。明日も……そうだな、うちの店は午後六時に開けるから、午後五時くらいにおいで。彼女には、少し早めに入ってもらうようにお願いするよ」

「わ……わかりました！」

「明日は、そんな面白くない一張羅じゃなく、いつも着ている服でおいで。でないと、本領発揮できないもんね」

「はいっ」

海里も、動揺したまま立ち上がる。その手を強引に自分から握ってぶんぶんと振り、砂山は「グッド・ラック」と気障《きざ》な言葉を口にして、また顔じゅうをクシャッとさせて笑った。

＊　　　＊

「ほな、明日、いきなりテストかいな」

「そうなんだよ〜。なんかもう、話が早すぎて、頭がついていかない」

ちょうど開店したばかりの「ばんめし屋」に戻り、いつもの普段着に着替え、エプロンを着けて厨房《ちゅうぼう》に入った海里は、仕事の傍ら、「シェ・ストラトス」での砂山との話を夏神に語った。

ギョロ目を見張り、こちらもいささか緊張気味に話を聞いていた夏神は、海里が正直な弱音を吐くと、いかつい肩から力を抜いて、小さく笑った。

「なんでや。ええやないか、話が早うて。ダラダラ待たされたら、やる気が削《そ》がれるやろ」

「それはそうなんだけどね。心の準備が……」

「心の準備など、何日あってもできるものではありますまい。虎穴に入らずんば虎子を得ず、でございますよ、海里様」

さっき来たばかりの四人連れの客のために、大皿を四枚並べ、キャベツの千切りをこんもり盛りつけながら、ロイドがしたり顔で会話に入ってくる。

ついさっきまで、本来の眼鏡形態だった彼だが、今はもう、腕まくりしたワイシャツ・上品な緩さのズボン、毛糸のベスト、そして胸あてつきのエプロンというお馴染《なじ》みの英国紳士姿である。

「ド正論ありがとうございまーす」

ふて腐れた顔つきでそう言うと、海里は客席に向かって声を張り上げた。

「お客さん、今日は汁物と小鉢を合体させて、具だくさんの粕汁《かすじる》なんですけど、酒粕大丈夫ですかね？　駄目だったら、具だくさん豚汁になります」

すると、会社帰りの同僚グループらしき男女二人ずつの客たちは、顔を見合わせた。

決断が早いのは、女性二人のほうだ。

「あっ、嬉《うれ》しい。私、粕汁大好き！」

「私は普通かな～。あっでも、粕汁の具て、お魚？」

海里はすぐに答える。

「はい。今日は鮭です」

「じゃあ、粕汁！」

追って、男性二人が、揃って豚汁を希望する。

「オッケー、じゃあ、粕汁二つに、豚汁二つ。かしこまりました」

海里は返事をして、背後の、いつもは食器を一時並べておくためのスペースにどかんと並んだ寸胴鍋《ずんどうなべ》二つの蓋《ふた》を取った。

鍋の一つには粕汁、もう一つには豚汁が作ってある。

「今日の粕汁は、『鳳凰美田《ほうおうびでん》』の酒粕を使《つこ》うてますから、旨《うま》いですよ」

主菜のポークチャップを作るべく、フライパンに厚切りの豚肉を並べ、じゅうじゅう焼きながら、夏神も言葉を添える。

有名な日本酒の銘柄を聞いて、他の客たちもざわめく。やはり、ブランド力というのは、確実にあるものらしい。

「実際、今日の酒粕って、すげえ綺麗《きれい》だったよね。柔らかかったし。俺、これまで板みたいな奴しか見たことなかったから、ビックリしちゃった。酒粕ってあんまり得意じゃないのに、思わずちょっとつまんじゃったもん」

人数分の汁物を、小鍋に慎重に掬《すく》い取りつつ、海里は感心した様子でこう言った。

夏神も、豚肉から出た脂を几帳面《きちようめん》にペーパータオルで吸い取りながら、ちょっと嬉しそうに同意する。

「そやな。ええ粕やった。ちょい残っとるから、あとで甘酒でもしよか」

「いいねー！　生姜《しようが》いっぱい入れよう。寝る前に飲んだら、身体が温まりそう」

夏神の隣にやってきた海里は、小鍋を二つ、火にかける。豚汁のほうは田舎味噌《みそ》仕立て、粕汁のほうは、夏神の好みで、少しだけ白味噌が入っている。

こんがりと焼き色がついた豚肉をいったん皿にあけた夏神は、そこにしめじと、大きめのざく切りにしたタマネギを放り込んだ。

フライパンに少しだけ残した豚の脂でそれらを香ばしく炒《いた》めた後、海里がさりげなく並べておいた水と日本酒、トマトケチャップ、ウスターソース、そして隠し味にほんの少しの醤油《しようゆ》を入れて、グツグツ煮詰める。

すぐにトロリとしたソースが出来上がるのを、海里はうっとりした顔で眺めた。

「旨そう。なんでそんなにとろっとすんの？」

「肉の旨さを閉じこめるために、小麦粉をはたいて焼くからや。鍋にくっついた粉はよう焼けとるから、ソースに香ばしい風味ととろみもつけてくれる」

「粉、まぶしてる？　ちょっと見、わかんなかったよ」

「わからんくらい薄うはたくんがキモやで。見てすぐわかるくらいやったら、多すぎる。肉の香ばしさを閉じこめるどころか、べちょべちょのくどい膜になってまう」

「はー、なるほど。魚のときより、もっと薄くするのか」

「粉も、いつもより目ぇの細かい奴を使うんや。焼く寸前に、さらっとな。次のお客さんのとき、よう見とけ」

「了解！」

ビシッと敬礼して、海里は主菜の仕上がりに合わせ、茶碗《ちゃわん》にご飯を盛り、温まった汁物を木の椀《わん》に注ぐ。

夏神は、さっきロイドが千切りキャベツとプチトマトを盛りつけた皿に、ソースにさっと絡めた肉を一枚ずつ載せた。その上から、茸《きのこ》とタマネギ入りの親しみやすい味のソースをたっぷりかければ、本日の日替わり定食の完成である。

ロイドと一緒に客に料理を供して厨房に戻ってきた海里は、夏神に小声で言った。

「明日も、店、しばらく抜けさせてもらうことになると思うけど、だいじょぶ？」

夏神は汗の滲《にじ》んだバンダナを外し、額の汗をゴシゴシ拭《ふ》いてから、「当たり前やろ」と事もなげに返事をした。

「今日みたいにしといたら、たとえ客が立て込んでも、どうにでもなる」

そう言って、夏神は背後を振り返った。

今日、小鉢を省略して、その分、汁物を贅沢《ぜいたく》なものにしたのは、海里たちの帰りが遅くなったときのことを考え、ワンオペとなる夏神の負担を減らすための工夫だった。

盛りつけるものが少なければ、それだけ食器も手間も少なくて済む。

さらに、主菜の肉を焼いているあいだ、短時間なら目を離すことができるので、その間にセッティングを済ませられるという利点もある。

付け合わせの野菜も、千切りキャベツなら、たくさん用意して冷蔵庫に入れておけばいいので、いちいち作り足す苦労はない。プチトマトは言わずもがなだ。

「だったらいいけど。明日、何にする予定だっけ……あ、煮込みハンバーグ！　やったね。前もって作りまくれる奴じゃん。今日よりいけてるメニューなんじゃね？」

ホッとした様子の海里に、夏神は苦笑いで同意する。

「せやな。付け合わせのスパゲティサラダも、作って置いたほうが味が馴染むもんやし、大丈夫や」

「俺、仕込みはがっつりやっていくからね！」

「わたしも、お手伝い致します。店じゅう、ピカピカにしてから、海里様にお供致しますよ」

シンクで洗い物を始めたロイドも、ピンク色のゴム手袋をした右手でピースサインをしてみせる。

「別に、保護者同伴じゃなくても平気なんですけど」

「おや？　今日、店の前で震えておいでだったのは、どなたでしたか……」

「身震いしたのは、寒かったから！　そんだけ！」

「ほほう？」

「マジで！　これも洗っといて！」

使い終わった小鍋をシンクに置くと、海里は夏神に向き直った。

「あのさ、今、ちょっとだけ抜けてもいいかな？　一応、淡海先生にはソッコーで報告入れたほうがいいだろうし、ササクラさんにも、お礼言っときたいんだけど」

「ええよ。善は急げ、仁義は切れ、や。挨拶《あいさつ》とお礼は、早ければ早いほうがええ。焦らんでええから、失礼のないようにせえよ」

「……ありがと！」

海里は嬉しそうに頷《うなず》くや否や、厨房《ちゅうぼう》を飛び出し、客席に向かって身体を折るようにして一礼してから、階段を駆け上がっていく。

「大張り切りやな」

「ですねえ。わたしも、夏神様のお手伝いに、海里様の応援に、力が入るというものです。粉骨砕身、励む所存でございますよ！」

そう言って肘《ひじ》を曲げ、二の腕に実に貧弱な力こぶを作ってみせるロイドに、夏神はやや不安げな顔で、「お前はホンマに砕ける可能性があるから、ほどほどにしたほうがええぞ」と諭したのだった。

翌日の早朝。

明け方にのれんを下ろし、みんなで客席と厨房の掃除をし、残り物で軽いまかないを食べてから、海里と交代で風呂《ふろ》を使い、それぞれ就寝する……そんないつもどおりの行動をしたにもかかわらず、夏神はどうにも寝付かれず、鼻の上まで布団を引き上げ、天井を見上げた。

過去の雨漏りでところどころ変色した杉板張りの天井が、布団に寝た状態だと、いい具合に高く見える。

それ自体が昭和を体現しているようなクラシックな電灯の笠《かさ》が、前の通りにバスが通ると、ごく僅《わず》かに揺れる。それをぼんやり見上げ、枕にザンバラ髪を散らした夏神は、はあ、と深い溜《た》め息《いき》をついた。

「俺も、頑張らんとな」

低い呟《つぶや》きが、大きな口から零《こぼ》れる。

淡海の一件で、海里はまた小さな一歩を踏み出した。

無論、「シェ・ストラトス」で役者としての出演が実現するかどうかは、まだわからない。くだんの女優のお眼鏡にかなわず、オーディションに落ちることもあり得る。

それでも海里は、淡海がちらつかせた芸能界復帰への道、それも映画の主役という、望みうる中では最高のお膳立《ぜんだ》てを、自分の意思で蹴《け》った。

そして、自分の欲と弱さをきちんと認識した上で、今しばらくはここに腰を据え、料理も、私生活も、演技も、すべてに全力投球したいと語った。

正直なところ、そんなことが本当に可能なのか、夏神にはわからない。

（今はまあ、若いからええやろけど、無茶のつけはあとで必ず回ってきよるし、そもそも、いつまでも踏ん張れる体力はあれへんからな）

そんなことを考えていると、遠い昔に冬山で失ったはずの足の指が、チリチリと痛み始める。

ここしばらくはなかった、いわゆる幻肢痛という症状だ。

いくら脳が痛みを主張しても、実際には指は存在しないので、どうすることもできない。夏神はいかつい顔をギュッとしかめ、ずっとそうしてきたように、ただ耐えた。

（そうや。俺が「頑張る」ことをやめたんは、あのときやったな）

凍傷で足指を失う原因となった雪山での遭難を思い出し、夏神は足指だけでなく、胸の奥底にも錐《きり》で突かれたような痛みを感じ始める。

猛烈な吹雪と寒さに苦しみながら、仲間と恋人を助けたい一心で、ただひとり、山小屋を目指して雪を掻《か》き分け、這《は》うように進み続けた。

あれほど死力を尽くしたのに、誰の命も救えなかった。

その絶望が、彼の、二本の指をなくした哀れな両足を、見えない釘《くぎ》で地面に打ち付けた。

身を持ち崩し、家族を失い、孤独のうちにやけっぱちになってトラブルに首を突っ込んでばかり。

そんな日々から夏神を救ってくれたのは、「へんこ亭」のマスターだった。彼が、夏神にヤクザと縁を切らせ、その手に包丁を持たせて、料理という新しい道を示してくれた。

だからこそ、夏神は今日まで、自分の足でどうにか歩いてこられたのだ。

(師匠がおらんかったら、俺は今、とてもこうして生きとらん。そんで、俺が今みたいに暮らせるんは、イガとロイドのおかげやな)

夏神は、しみじみと回想した。

海里とロイドに出会ったことで、雪山遭難以来、ずっと孤独だった夏神は、ようやく再び「仲間」を得ることができた。

一つ屋根の下で、同じ釜《かま》の飯を食い、腹を割って話し合える存在を得て、夏神は、悲しみと苦しみのあまり蓋《ふた》をしていた自分の過去にも、少しだけ向き合うことができた。

仲間と恋人を守れなかった自分を責める気持ちは今もあるが、そんな気持ちごと誰かに寄りかかれる幸せを、自分よりずっと年下の海里が教えてくれたのだ。

亡き恋人の墓に手を合わせることを遺族に許されてからは、決して癒《い》えることのない心の痛みも、僅《わず》かに軽くなった気がする。

亡くした命を背負って歩き続ける、そんな覚悟も少しずつ出来てきた。

だからこそ、着実に進んでいく海里の背中をただ見守るだけでなく、自分もまた、新しい一歩を踏み出す時が来たのだと、夏神は感じている。

（そやけど、俺はどうしたいんやろ）

頭の下に両手を挟み、夏神は思いを巡らせた。

無論、今の彼は、「ばんめし屋」という小さな小さな城の主《あるじ》である。

海里とロイドのおかげで、どこにも広告を出していないにもかかわらず、客は確実に増えている。

元芸能人の海里に会いたい一心で訪れるファン、主に女性たちの中にも、店の味を気に入って再訪してくれる人が少なくない。

これからも日々、料理の腕を磨いて、わざわざ店を訪ねてくれる人々に、より美味《おい》しい料理を提供していきたい。

そんな思いはいつも心の中にあるし、それだけは、ぶれてはいけない人生の芯《しん》のようなものだと夏神は確信している。

（せやけど、それだけでええんやろか）

疲れた身体は眠りたがっているのに、うっかり考えごとを始めてしまったせいで、脳はキンキンに冴《さ》えている。

鈍く痛む目の凹《くぼ》みを太い指で揉《も》みほぐしながら、夏神は呟いた。

「なんぞ、新しいこと。なんぞ、視界が広うなるようなこと」

自分の城であり、今では海里とロイドの居場所でもある店を守りつつ、同時に、自分の伸びしろも広げてみたい。

ようやく芽生えたそんな望みを、しかし夏神は、どうにもこうにも持て余していた。何しろ、ここまで前向きな気持ちになったのがあまりにも久しぶり過ぎて、何をどうすればいいのか、どこからどのあたりを向いて手をつければいいのか、さっぱり見当がつかないのだ。

(かと言うて、こんなことまでイガに相談しよったら、どっちが年上かわからんしな。ちゅうか、これは俺が自分ひとりで考えなアカンことやし)

あるいは、料理以外のことに食指を伸ばすべきなのかもしれないが、今は、週末にときおりボルダリング教室に通い、そこで出来た知人たちとたまに飲み会をしたりするのが関の山だ。

それ以外のことをする余裕は、まだ体力的にも精神的にもない気がするし、いっそ何か資格試験を目指してみては、などと考えても、これといって取りたい資格が思い浮かばない。

心を閉ざして過ごした時間が、あまりにも長すぎたのかもしれない。

(やっぱし、まずは料理の幅を広げる、やろか。言うても、定食屋やからなあ。あんまし凝った料理を出すわけにもいかんし、食材費もそこそこ限られるし)

すぐに考えが行き詰まり、夏神は、重くなってきた瞼《まぶた》を閉じた。

だんだん気分もだれてきて、今ならすっと眠れそうだ。足指の痛みも、どうやらピークは越えた。

いったん悩みは棚に上げ、寝て起きて、頭がスッキリしたら再び考えてみよう。

そんな投げやりな気持ちで両手を頭の下から引き抜き、しっかり布団にくるまって、さて、安らかな眠りの世界へ……と思ったその瞬間、脳裏をよぎった古い記憶の映像に、夏神はカッと目を見開いた。

それは、夏神がかつて修業した洋食屋「へんこ亭」の厨房《ちゅうぼう》で、師匠の船倉《ふなくら》と店の仕込みをしているときの記憶だった。

「毎日毎日、おんなじメニュー使《つこ》うて、決まった料理作るんは、つまらんことないですか？　新しいことをしたいとか思わへんのですか？」

今となっては背筋に冷や汗が伝うような無作法な質問を、若い日の夏神は、師匠にぶつけたことがある。

そのとき船倉は、夏神の百倍は迫力のある眼をぎろりと剝《む》いて、「ドアホ」と短い、しかし大砲の弾を撃ち込むような重みのある一言を発した。

思わず包丁を持ったまま、たじろいで一歩退《ひ》いた無礼な若者に、船倉は「同じもんを、同じ腕で作っとったら、じきにお客さんは『味落ちた』て言い出すで」と言い放った。

「ええか、留二。お客さんが何か食うて旨《うま》いて思うたら、その瞬間から、その食いもんは、毎日少しずつ、さらに旨《うも》なっていく。記憶っちゅうんは、そういうもんや。せやから次に同じもんを注文されたときには、前よりもっと美味しゅうせんとアカン。それでようやっと、『変わらん味』て言うてもらえるんやで」

今なら平伏して聞くようなありがたい教えだが、当時の夏神は、今よりずっとひねくれていて、しかも無闇矢鱈《むやみやたら》に人に突っかかる癖が、まだ抜けていなかった。

「そやけど、どうやったら、前より旨いもんになるんですか？　腕上げたから言うて、それで美味しいもんがほんまに作れるとは限らへんでしょう。もっとええ食材使うんですか？　それとも違う料理法を」

「ドが三つつくアホやな、お前は」

夏神に皆まで言わせず、船倉は手に持っていたカット途中だった大きなラディッシュを、いきなり夏神の口に突っ込んだ。

「ふがッ!?」

目を白黒させつつも、夏神はそれをどうにか咀嚼《そしやく》する。瑞々《みずみず》しさの中にも仄《ほの》かに苦辛い風味が、口の中に充満した。

それは、狭い裏庭で、船倉と夏神が、店で出すために栽培している野菜のうちの一つだった。

船倉は、太くて短い指を夏神の鼻先に突きつけ、こう言った。

「うちは、下町の洋食屋や。お客さんが、ちょっとだけ気張ってええもん食うための店や。食材なんぞ、上見たらキリがない。調理器具も、最新型が毎年出よる。取れる金が決まっとるワシらに、そないな贅沢《ぜいたく》は言われへんやろが」

硬いラディッシュをなかなか細かくすることができず、夏神はゆっくりと顎《あご》を動かしながら、こくこくと同意を示す。まずくはないのだが、本来は美味しいバターを挟んで塩を振って供するものなので、どうにも辛味ばかりが舌を刺してつらい。

「ええか、留二。先を見るんはちょっとでええ。チラッと先見たら、次は必ず足元を見い。その次は、来た道を見ぃ」

「ひはひひを?」

口がいっぱいで、「来た道を?」とハッキリ発音できない夏神に、船倉はニコリともせず頷《うなず》いた。

「せや。お前が来た道だけやない。師匠の俺が来た道、そのまた師匠が来た道、ずーっと遡《さかのぼ》ってみるんや」

「はんへへふ?」

なんでです?　と問いかける弟子に、船倉はふっと眼光を和らげた。そして、しみじみとした口調でこう言った。

「俺らの先輩たちは、日本に洋食を根付かせるために、乏しい食材、貧弱な技術、少ない知識で、どないかしようて努力してきはったんや。その道のりを勉強したら、必ず今に生かせる知識がある。使える食材に上限があっても、やれることが限られとっても、旨いもんを作る知恵がある。それを拾い上げるんも、勉強、修業のうちやで」

「それや！」

夏神は、ばね仕掛けの人形のように、ガバリと布団の上に身を起こした。

そして、そのままの勢いで立ち上がり、押し入れを開け放った。

押し入れの上の段は布団を収納したり、季節が合わない服を片付けたりするのに使っているが、下の段には、こつこつ買いそろえた料理の教本や、料理番組を録画した記録媒体、それに、独立したときに、船倉から譲られた書籍やノートが大きな段ボール二つに詰め込まれている。

「そや。前を見て迷うときは、足元や！　師匠が来た道や。師匠にもろたもん、店を持ってからは忙しゅうて、結局まだ見られてへんかった。よう思い出した」

自分の脳の記憶領域を褒めそやしながら、夏神は重い段ボール箱を引っ張り出し、片っ端から中身を畳の上に並べ始めた……。


その日の午後五時、海里は再び、今回はいつもの外出着であるタートルネックセーターにブラックジーンズ、それにベロアのジャケットというカジュアルな服装で、「シェ・ストラトス」を訪れた。

勿論《もちろん》、ロイドは眼鏡の姿で、ジャケットの胸ポケットに収まっている。

辺りはずいぶん暗くなっており、今日は店の入り口脇の小さな灯《あか》りが、オレンジ色の柔らかな光を放っている。

観音開きの扉には、まだ「準備中」の札がかかっていたが、南京錠は外され、プランと所在なさそうに揺れていた。

「こんにちはー！」

一声かけて海里が入っていくと、やはり今日も、店内は明るく、砂山は昨日とはまた違う、前身頃いっぱいにコミック調のトナカイがひしめいている、なんとも賑《にぎ》やかなセーターを着込んでいた。

どうやら、この手のダサセーターを、彼は「制服」としてたくさん持っているようだ。

(確かに、いっぺん見たら忘れねえな、このセーター。おかげで、むしろ顔の印象が薄れそうだけど)

海里がそんなことを密《ひそ》かに思っていると、砂山は愛想良く挨拶《あいさつ》を返してくれた。

「やあ、いらっしゃい。ああ、その服装のほうがいいね。シンプルでお洒落《しゃれ》だし、君によく似合ってる」

「ど、どうも」

砂山は拭《ふ》いている最中のグラスを軽く掲げて、笑顔で海里を見た。

「どう？　何か飲んで落ちつく？　それとも、『彼女』にもう会う？　彼女、君のこと知ってたし、会うのを楽しみにしてるよ」

「……マジですか」

「うん。やっぱり『ディッシーのお兄さん』としてだったけど」

「や、まあそこはそうだと思います」

軽く肩を落としつつも、海里は諦《あきら》めの境地でそう応じる。

そのとき、気の毒そうな笑みを浮かべた砂山の頭がいきなりカクンと下がり、海里は驚きの声を上げた。

「うわっ⁉ 大丈夫ですか？」

「うん？ ああ、これね。ほら、僕ちっちゃいおじさんだから、カウンターの向こうから接客するには、踏み台がいるのよ。ほら」

手招きされてヒョイと覗《のぞ》くと、なるほど、カウンターの内側には、実にしっかりした踏み台が設《しつら》えられている。カウンター全長に及ぶので、踏み台というより、もはや段差である。

「こういう小さいカスタマイズが、色んな局面で必要なんだよね。小柄はつらいよ。じゃ、楽屋に案内するよ？ ホントに大丈夫？」

重ねて念を押され、海里は大きな深呼吸を一つした。

言うまでもなく、オーディションというのは、規模の大小を問わず、恐ろしく緊張するものだ。何度経験しても、慣れることはない。

しかし、その緊張状態すら、今の海里には、どこか高揚感と喜びの前段階のように感じられる。

（合格するって決まったわけでもないのに、俺、やっぱ浮き足立ちやすいのかな）

思わず、両手で頬をペチリと軽く叩《たた》いて自分の気持ちを落ちつかせ、海里は改めて、カウンターから出てきた砂山に頭を下げた。

「大丈夫です。よろしくお願いします」

「オッケー。じゃあ、行こう」

砂山は、先に立って、テーブル席のほうへ行く。海里は、その跳ねるような軽やかな足取りに感心しつつ、小さな背中についていった。

楽屋というのは、さっきのカウンターの裏側、そしてステージのすぐ横にある、恐ろしく小さいであろう空間だった。一応、木製の扉があり、砂山が軽く三回ノックすると「どうぞお入りください」と、柔らかな女性の声が聞こえた。

（ん？　なんか、聞いたことある気がする声だな）

海里はガチガチに緊張しながらも、そう思った。

（もしかして、知ってる女優さんかな。こっち在住ってことは、あんまりバリバリ活躍してる人じゃないんだろうけど）

昨日、女優というのはいったい誰かと、海里は別れ際に店の外まで見送ってくれた砂山に訊《たず》ねてみた。しかし砂山は、「会ってのお楽しみ」と片目をつぶって悪戯《いたずら》っぽく笑うばかりで、結局教えてもらえずじまいだった。

おそらく、海里に女優の素性を教えると、彼女のイメージに合わせて、付け焼き刃的な傾向と対策を練ったりすると思われたのだろう。

（まあ、実際、やりかねないよね、俺。そして、きっとそういう姑息《こそく》さは、伝わっちゃって空振りするんだろうな）

そう思いつつ、海里はゴクリと生唾《なまつば》を飲んだ。

「失礼しますよー」

砂山は相変わらずの陽気な態度で、ガチャリと無造作にドアノブを回す。大きく扉を開け放ち、「さ、どうぞ」と促され、海里はおずおずと楽屋に入った。

狭いことは入る前からわかっていたが、実際に足を踏み入れてみると、家庭用の防音室もかくやという狭さだった。

一応、エアコンが設置されてはいるが、これでは吹き出す空気が上手《うま》い具合に循環しないだろう。殺風景な、ベニヤ壁で仕切られた楽屋にあるのは、小さなテーブルと椅子が二客、それだけだった。

楽屋に必須《ひっす》の鏡は、立てかける方式のものが、テーブルの上に載せてある。おそらく、舞台用の化粧道具を並べただけで、テーブルの上はギチギチになってしまうに違いない。

「失礼します！　はじめまして、五十嵐海里です」

気持ちの上では、芸名の「五十嵐カイリ」ではなく本名で名乗ったつもりで、海里は深く頭を下げたまま挨拶をした。

目に映ったのは、椅子から立ち上がった女優の足元だ。

踵《かかと》のごく低い、柔らかそうな、ベージュのパンプスと、生足、それに、くるぶし近くまである、クリーム色のプリーツスカート。

靴もスカートもとてもシックで、趣味がいい。女性用のファッションブランドにはあまり詳しくない海里でも、決して安物でないことは一目でわかる。

ゆっくりと頭を上げた海里の視界に、次第に女優の全身が見えてくる。

ワインレッドのたっぷりした袖《そで》のブラウスは、軽い光沢のある生地で仕立てられている。襟ぐりとパールのネックレスが誂《あつら》えたようにぴったりで、すらりとした長い首を引き立てている。

ようやく顔を見た瞬間、海里は「あ」と間の抜けた声を出した。

肩の辺りでごく緩く巻いた髪は自然な白髪交じり、そして、キリッとした化粧を施した顔は、五十歳は過ぎているだろう。

老いを隠そうとはしていない、しかし美しくあろうという努力は少しも怠ってはいない。彼女の肌には、弾力とシワが仲良く同居する、不思議な魅力があった。

絶世の美女ではないが、はんなりした、上品な目鼻立ちだ。

そして海里には、その女性の顔に確かに見覚えがあった。

といっても、テレビで見かけたのは、おそらく海里が幼児の頃だ。

そう、兄の一憲が、はしゃいで走り回る海里を疎んじて、「大人しく座ってテレビを見ろ！」と叱りつつ見せてくれた、子供向けの番組……。

そんな記憶にたどり着いた瞬間、海里の口から、自然と彼女に向かって呼びかけるべき名前が飛び出した。

「ゆうこお姉さん！」

すると女性は、ビックリしたように淡い紫色のアイシャドウに彩られた両目を見開き、うっすら赤面して、両手で頬を覆った。

「あらあら。いつぶりかしら、そんな風に呼んでもらえるのは。二十年ぶりくらい？」

砂山は、してやったりの笑みを浮かべ、ガッツポーズで弾んだ声を上げた。

「やった、ゆうこお姉さんとディッシーのお兄さんが、運命の出会いを果たした！」

するとゆうこお姉さんと呼ばれた女性は、砂山を恨めしげに軽く睨《にら》んだ。

「もう、マスターは人が悪いわ。五十嵐さんに、私の名前を教えてなかったのね？」

「いやはや、衝撃の出会いのほうがいいかなと思って。やっぱり五十嵐君、ゆうこお姉さんが出てた番組、見てたんだね。世代だと思ったんだよ」

海里は、軽い興奮を抑えきれず、こくこくと凄《すご》い勢いで何度も頷《うなず》いた。

「そりゃ、見てましたよ！『こどもリズムタイム』、毎日見てました。っていうか、兄貴が厳しくて、それしか見せてくれなかったんです。ゆうこお姉さんと、たいしお兄さん。覚えてるなあ」

「子供番組における、歌のお兄さん、お姉さんっていうのは、子供にとっちゃ大きな存在だからねえ。やっぱり、テレビの前で一緒に歌ってたかい？」

砂山に問われ、海里は思わず、両腕を上げ、Yの字のポーズを取った。

「勿論《もちろん》。歌うどころじゃなく、一緒に踊って、兄貴にじっとしろって無茶言われてましたよ。まだ覚えてます。『ワイ！　ワイは元気のポーズ！　ワイ！　ワイはやったのワイ！』」

「あああ、恥ずかしい！　ちょっと、もうそのくらいで！」

かつて、テレビ番組で若き日の自分が披露していた歌とダンスを海里に実演されて、女性は本当に顔を真っ赤にして、両手を振った。

さっきまでの楚々《そそ》とした雰囲気が崩れ、潑溂《はつらつ》とした、おそらくは本来の持ち味が顔を出す。

「俺、いつか『こどもリズムタイム』に出て、一緒にゆうこお姉さんと踊りたくて、兄貴や母親に、ハガキで応募してーって頼んでは、却下されてたんです。いやあ、長生きするもんだ。まさか、ゆうこお姉さんの前で、歌って踊れるなんて。夢みたいです」

こちらも顔を上気させて早口にまくし立てる海里に、砂山はとうとう声を立てて笑い出した。

「ほらほら、仕返しとして、『ディッシー！』をやるべきじゃないの、ゆうこお姉さん？」

「ちょっと、砂山さん。いい加減にして。ステージに上がる前に、力尽きてしまうわ」

「おっと、そりゃまずい。じゃ、そろそろ真面目になろうか。五十嵐君も落ちついて」

「あ、そ、そうでした。オーディションだった。すいません！」

海里は慌てて背筋をピッと伸ばし、気をつけの姿勢になる。

砂山は、両手で火照った顔をパタパタ仰いでいる女性に向かって、こう言った。

「じゃ、改めて。こちら、あなたのパートナー候補、五十嵐海里君。ミュージカルでデビューして、俳優の経験が少しあって、あとはお料理コーナーのお兄さんでお馴染《なじ》み」

「五十嵐海里です！」

もう一度仕切り直しで、海里は大きな声で名乗り、一礼する。海里としてはやや不本意な内容ではあるが、残念ながら嘘はないので、素直に受け入れることにする。

次に砂山は、海里のほうを見て、女性を指し示して言った。

「こちらは、君の大先輩、そして憧《あこが》れのゆうこお姉さんこと、倉持悠子《くらもちゆうこ》さん。歌のお姉さんから女優さんになって、今日にいたる」

「改めてはじめまして、倉持悠子です。できたら、これからはこちらの名前でお願いしたいわ。でないと、冷静さを保てなくなってしまう」

本当に動揺しているらしく、最後のひと言は、完全に関西のイントネーションになってしまっている。

海里は、少し戸惑いながら、彼女に呼びかけた。

「倉持さん、でいいんですか？」

「それでたいへんに結構です。はあ、とんだ出会いだったわね。もっと威厳溢《あふ》れる態度でプレッシャーをかけるつもりだったのに」

恥ずかしそうにふふっと笑い、倉持悠子は足元に置いてあったバッグから、本を一冊出した。

「えっ？」

「早速だけど、これ」

「読んでみてもらえるかしら。ここで」

やわらかな笑顔のまま、しかし凛《りん》とした声でそう言って、悠子は、視線でもう一つの椅子を指し示す。

どうやら、すぐさまオーディションが始まってしまうらしい。

「わ、わかりました！」

海里は気持ちを引き締め、悠子が差し出す分厚い本を、両手でそっと受け取った。

「まだ開店前だから、オーディションにはステージを使ってもらっていいんだよ？　ここじゃ、狭苦しいでしょ」

砂山はそう言ったが、悠子と海里は同時にそれを拒否した。

「それは駄目よ。ステージには……」

「昨日も言いましたけど、オーディションに受かってその資格ができるまでは、立てないっす。……あ」

「あら」

偶然ながら、二人で一つの文章を完成させるような形になり、当の二人が驚いて顔を見合わせる。

「おや、いきなり気が合うなあ、お二人さん。なんだか、オーディションも上手《うま》くいきそうな気がするね。じゃ、どうぞ。僕も同席はさせてもらうけど、口は出さないよ」

面白そうにそう言うと、砂山は客席からスツールを持って来て、楽屋の入り口ギリギリのところに置き、腰を下ろした。

確か、店の扉を施錠していなかった気がするが、砂山はいっこうに気にしていない様子だ。

（ま、いっか）

オーディション寸前の緊張から、あっさり心配することをやめた海里は、椅子に浅く腰掛けたまま、悠子から受け取った本の表紙を見た。

それは、海里がまだ読んだことのない、淡海五朗の著作だった。

ポップな字体で「君と出会う日まで」というタイトルと共に、淡海の名が記されている。背景には、桜吹雪の下を歩く三人の女子高生とおぼしきセーラー服の少女たちが、顔面を敢《あ》えて見せないように柔らかなタッチで描かれていた。

オーディションというからには、何らかの朗読を要求されると予測して、一応、店に来る前に発声練習や、手持ちの本を軽く読んだりといった準備はしたが、初めて目にする文章を朗読するのは、なかなかにハードルが高い。

「ええっと……」

「どうぞ、座ったままで結構よ。頭から読んでみて」

さっきまでの親しげな様子とは打って変わった他人行儀な口調でそう言うと、悠子は真剣そのものの顔つきになり、壁際まで椅子を引いた。

狭い空間ではあるが、海里と適度な距離を置き、彼の声の響き具合を確かめようと考えているのだろう。

海里は早くも口の中が嫌な感じに乾いてくるのを感じつつ、唇を舐《な》めて湿し、ゆっくりと表紙をめくった。遊び紙は、目が覚めるようなペパーミントグリーンだ。

「初見なんで、つっかえるかもしれませんけど」

「構わないわ。さ、始めて」

一見おっとりしているが実は意外とせっかちなのか、悠子は早くも軽く苛立《いらだ》った様子で、切り口上に催促してくる。

(あ、ヤバ)

海里は少し慌てて、「はい!」と返事をしてページをペラペラとめくり、本文が始まるページを開いた。

(そうだ。オーディションでは、臨機応変なスピード感も大事なんだった。モタモタしてると、それだけでイメージダウンしちゃうんだよな。こういうの久々すぎて、すっかり忘れてた)

「じゃ、読ませていただきます」

悠子と砂山に軽く頭を下げ、一息ついて気持ちを落ちつかせてから、海里はクリーム色の紙に印刷された文章を読み上げ始めた。

「ザアッと、強い風が吹いた。教室の窓から外を眺める私の視界が、淡い桃色に染まった。……桜が、散っている」

短い文章が連なる、印象的な物語の導入部分だ。

淡海の小説は、十代の少年少女が読むことを想定し、平易な言葉が多く使われていて、文章も短めだ。朗読の題材としては、比較的読みやすい部類だろう。

勢い込んで読み始めたので、鋭く硬い調子になってしまったが、歯切れの良さは我ながら悪くない。

(ああ、これならいけそう、かも)

ほんの少し安心しつつ、海里は次の文章に目を通すとほぼ同時に声を発した。

「学年が一年上がると、教室も一階上になる。高校二年生になったから、今年は二階。桜の枝が、この春は私の真横にある。去年は窓の上から降ってきた花びらが、今年は真ん前で風にさらわれ、風に舞い、空中で大きな渦を巻く。見とれてしまうほど、激しくて綺麗《きれい》だ……」

読み続けるうち、徐々に余裕が出てきて、海里はチラチラと、本から悠子の顔へと視線を向けてみた。

悠子は目を閉じ、ゆったりと脚を組んで、身じろぎもせず海里の朗読に耳を傾けている。その、全身をリラックスさせ、両耳からの刺激に集中している彼女の表情からは、心象をはっきりと読み取ることができない。

(今んとこ、目立ったミスはない……はず)

ひとまずは、悠子の顔に明らかな失意や怒りの色がないことに安堵《あんど》して、海里は再び朗読に専念した。

「ぼんやりする私の背中を、誰かがちょいちょいと突《つ》いた。柔らかい、優しい、女の子の指先の感触。振り向けば、去年も同じクラスだったリミが、やけに真剣な顔で囁《ささや》いてきた。『ねえ、そんなに桜を必死で見てると、連れて行かれちゃうよ』……その声は、思いのほか真剣だった。私は、噴き出しそうになるのをあやういところでこらえ、囁き返した。『なに、それ』『マジだよ。桜はヤバいよ』『はぁ？　ヤバいの、あんたじゃね？　キャラ変したの？　オカルトじゃん、そんなの』『違うよ』リミは大真面目な、いっそ怖いみたいな顔をして、まだ何か言おうとした。でも、担任が板書をやめて振り返り、こちらを軽く睨《にら》んだので、私たちは口を閉じ、両手をきちんと腿《もも》の上に載せて前を向いた。私に追いすがるかのように、桜の花びらが一枚、窓から忍び込んで来て、英語の教科書の上にヒラリと落ちた……」

「はい、結構です」

「……うっ」

ようやく流れに乗り始め、どこかミステリアスな始まり方をした物語自体にも興味が湧いてきたところで無慈悲に遮られ、海里はつい、不満げな眼差《まなざ》しを悠子に向けてしまう。

「おー。なかなかよかったんじゃないの？　僕は門外漢だからどう言えばいいのかわかんないけど、青春！　って感じの爽《さわ》やかさがあってさ。ねえ、倉持さん？」

砂山は相変わらずの呑気《のんき》な調子でパチパチと拍手したが、目を開けた悠子は、海里に向かって片手を差し出した。

「ちょうだい」

それが、自分が読んでいた本のことだとすぐに気付いた海里は、弾《はじ》かれたように立ち上がり、悠子にそれを両手で差し出した。

「どうぞ！」

「ありがとう」

座ったままそれを受け取った悠子は、軽く組んでいた脚を下ろし、背筋を伸ばすと、本を開いた。

そして、特に呼吸を整える様子もなく、そのままの流れでまったく同じ場所を朗読し始める。

「ザアッと、強い風が吹いた。教室の窓から外を眺める私の視界が、淡い桃色に染まった。……桜が、散っている」

あっ、と声が出てしまいそうになり、海里は危ういところで唇を引き結んでこらえ、そろそろと座り直した。

（全然違う。俺のと……全然、違う）

海里は、背筋に太い氷柱《つらら》を押し当てられたような心持ちで、小さく身震いした。ジャケットのポケットの中から、とうとう我慢できなくなったらしいロイドが、海里にしかわからない声で話しかけてくる。

『これはこれは……海里様の朗読もずいぶんと素敵だと思いましたが、やはり違うものでございますなあ』

黙っていろと言う代わりに、ポケットをさりげなく、しかし強めにポンと叩《たた》き、海里は悠子の朗読に全身を耳にして聞き入った。

ロイドの言うとおり、悠子の朗読は、海里のそれとはまったくタイプが違っていた。

さっき、表紙のイメージから、これは青春小説だろうとあたりをつけた海里は、咄嗟《とっさ》に、砂山の言葉を借りれば「爽やかに」、若々しく、歯切れ良く読もうと計画した。

それは間違っていないと思うし、今どきの女子高生の喋《しゃべ》り方も、そこそこ上手《うま》く真似られたと思う。

読み間違えもつっかえることもほとんどなかったし、初見にしては悪くない出来だったと自負していた海里である。

しかし今、目の前で悠子が読む同じ文章を耳にして、海里は静かに、同時に強く、叩きのめされていた。

まるで居間で子供に読み聞かせでもしているかのように、悠子の声には力みがない。

驚くのは、かといって平板なのではなく、まるで桜の花びらの動き、少女の心の動きを映し出すように、声音に不思議な揺らぎ、そしてやわらかな抑揚がある。

台詞《せりふ》の読み方も、海里がしたようにリアリティを追求して、まるで演劇のように読むのではなく、地の文とほんの少し声音を変えるだけだ。特にリアルな会話調で読もうともしていない。

それでも、少女たちの言葉は、心地よくするっと身の内に染み込んでくるようだった。

(全然違う。……全然、違う)

ページから視線を上げた悠子は、同じ言葉を胸の内で何度も繰り返す海里の顔をじっと見ながら、パタンと本を閉じた。

砂山がまた、何か大仰な調子で褒め言葉をかけて拍手しているが、海里の耳にはろくすっぽ入ってこない。せっかくの朗読の余韻を楽しんでいるのに、雑音を入れるのは勿《もっ》体《たい》ないと、脳が受け入れを拒否しているのかもしれない。

「ううううう」

とはいえ、自分も何か言わなくてはと思うものの、感想の代わりに海里の口から零《こぼ》れたのは、絶望と羞恥《しゅうち》を煮詰めたような呻《うめ》き声だった。

思わぬ反応に、砂山と悠子は揃って海里を見る。

「五十嵐君？　どうした？　お腹でも痛くなったかな？」

砂山に問われ、海里はぶんぶんと首を横に振った。

「いや……恥ずかしくて」

「恥ずかしい？」

不思議そうにしている悠子に、海里は正直に打ち明けた。

「俺、前に淡海先生に頼まれて、ほんの短いあいだ、アマチュアの朗読教室で指導をしたことがあるんですけど、よく平気でそんなことしたなあって、恥ずかしくて死にたくなってます、今。なんかもう、穴があったら入り……いや、深く潜りたい」

「ああいや、その話、センセイから僕も聞いてるけど。立派な指導ぶりだったって凄《すご》く褒めてたよ、センセイ」

「いやもう、実力もないのに偉そうなことばっか言ってた……。下手クソの自覚、なさすぎだったな、俺。ああ、恥ずかしい」

せっかく整えていた髪をワシャワシャ掻《か》き乱して猛烈に自己嫌悪する海里に、悠子はふふっと笑った。

「さっきのわたしみたいに恥じらっちゃって。変なところで、マスター曰《いわ》くの仕返しができたのかしら」

だが彼女は、すぐに真顔に戻ってこう言った。

「でも、そんなに落ち込む必要はないわ。悪くはなかった。本当よ？」

「や、全然よくはなかったです。慰めないでくださいよ。直後にお手本を聞かせてもらったおかげで、さすがの俺でもわかります」

悠子の慰めを受け入れず、海里は俯《うつむ》いてぶんぶんとかぶりを振る。

大張り切りで、年上の女性たちを前に、身振り手振りを交えてドラマチックな朗読のやり方を教えていた去年の自分の姿を思い返すと、本当に今さらながら、顔から火が出そうだったのだ。

すると悠子は、穏やかな笑顔のままでこう言った。

「こんな短い文章を読んだだけで違いがわかるなら、それは見込みがあるってこと。大丈夫よ。それに、あなたみたいな読み方が生きるときもある」

「えっ？」

驚いて顔を上げた海里が見たのは、かつてテレビで見ていた「ゆうこお姉さん」と同じ、しかし年を経て色々な経験が形作るシワや陰が深みを加えた、美しい笑顔だった。

「それこそ、普通の舞台でスポットライトを浴びているとき……あなたがその場の主役であるときなら、さっきみたいな朗読は大いに生きたと思うわ。皆さん、手に汗を握る思いで、あなたの臨場感たっぷりな朗読に聞き入ったでしょう」

「……って、いうと？」

悠子は立ち上がると、楽屋の扉を開けた。向こうに、まだ誰もいない客席、そしてさやかなステージが見える。

「ここはバーで、お客さんが主役なの。わたしたちじゃない。お客さんは、飲み物やフードを楽しみながら、リラックスして朗読を味わいにいらしているの。だから、わたしたちは、お客さんの楽しい時間に色を添えるのが仕事。まずは静かに穏やかに始めたい。そして自然に作品世界に入り込んできてほしい。それが、わたしの目指すここでの朗読のスタイル。じんわりお客さんのこころに染みいって、馴染《なじ》みたいのよ」

「……ああ」

海里は、思わず嘆息した。

悠子は、自分の理想の朗読を、完璧《かんぺき》に体現している。

落ちついた、相手に何のプレッシャーも与えない声でサラリと物語の幕を開け、抑えた芝居で、徐々に相手の心を捉《とら》える。それはまさに、さっき海里が自分の身で経験したことだ。

「そっか。オーディションだからって俺、自分をアピールすることだけしか考えてなかった」

「いいんだよぉ、それがオーディションなんだから。駄目出ししたわけじゃないよね、倉持さんも」

砂山は気の毒そうにとりなしたが、悠子は小さくかぶりを振った。

「いいえ、わたしは駄目出しをしたの」

「……うう、すみません」

海里は再び項垂《うなだ》れた。自分が得たいと思っている仕事の本質を理解せずにオーディションに臨み、悠子を失望させたことは明らかだ。

本番前の、コンディションを整えるための貴重な時間を浪費させたことを謝って、しょぼくれて帰ろう。そう思って海里は力なく腰を浮かせた。

しかし悠子は、ぽつりとこう付け加えた。

「だって、共演者になるんだもの、方向性は最初に伝えておかないと」

「おや」

砂山はニヤッとし、海里はテーブルに両手をついて悠子のほうへ身を乗り出す。

「ええっ⁉」

悠子はちょっと悪戯《いたずら》っぽく笑って、海里の驚いた顔を見た。

「朗読って、その人の心根を映す鏡みたいなものよ。技巧はあとからどうにでもなるわ。あなたの朗読は、とても素直で、聴いていて気持ちがよかった。それが、わたしにはいちばん大事なこと。……改めて、わたしと組んでもらえますか？」

丁寧に問われて、海里は信じられないといった様子でゴクリと唾《つば》を呑《の》んだ。

「それって……合格ってことですか？」

悠子は頷《うなず》くと、海里に真っ直ぐ向き合った。

「ええ、合格。わたしたち、声の相性もいいと思う。あなたとなら、素敵な朗読劇がやれそうな気がする」

「……やった！」

海里は思わず小さなガッツポーズをしかかったが、悠子が発した次の言葉で、それは中途半端に止まってしまう。

「ただし、今のままではまだ、朗読についてはプロとは言えないわ。お客様の前に立つには、レベルアップが必要ね」

「うっ……。それは、そうだと思います。だけど、東京ならともかく、ここじゃレッスン先を見つけるのは難しいかも」

海里がそう言うと、悠子はあっさりこう言った。

「わたしが教えるわ。だって、わたしのパートナーになってもらうんだから、それがいちばん手っ取り早いでしょう」

その申し出は、海里だけでなく、砂山にとっても意外なものだったらしい。彼は少し心配そうに、「そこまでお願いしちゃって、大丈夫ですか？」と、悠子に訊《たず》ねた。

悠子は微笑んで頷く。

「わたしが砂山さんに、もうひとり演者が欲しいわって言い出したんですもの。見つけてくださったからには、感謝をもって育てないとね。……構わないかしら？」

「うーん、そうだなあ。五十嵐君、レッスン期間は給料出ないけど、いいかな？　倉持さんには、雀の涙くらいのレッスン代を僕からお支払いしますけどね」

すかさず砂山が、言葉を添える。海里は、焦って悠子と砂山の顔を交互に見た。

「や、あの、レッスン料だったら、俺が払わなきゃいけないと思うんですけど」

だが、砂山は海里の申し出を即座に却下した。

「その気持ちだけで十分だって。一応、君にとっては、研修期間にあたるわけでしょ。本来は、ちゃんとその間も相応のギャラを払うべきなんだ。だけど、うちもまだ順風満帆とまでは行かないから、なかなか……ね。だから、ささやかにレッスン代を出させてもらうって話。ある意味、ごまかしみたいなもんで悪いけど、倉持さん、どう？」

「勿論《もちろん》、ありがたく頂戴《ちょうだい》します。でも、ご無理のないように」

悠子は、無造作にそれを受け入れた。砂山はニヤッと笑って、綺麗《きれい》に剃《そ》り上げた顎《あご》を撫《な》でた。

「やあ、他ならぬこの僕が、倉持さんと五十嵐君の朗読劇を聴きたいんでね。そこはちょっとくらい無理しますよ。是非とも、お客さんにも喜んでもらえるものにしてほしい。よろしくお願いします」

「承りました」

砂山の軽やかながらも熱のこもった期待の言葉に、悠子は笑顔で請け合う。

「じゃ、僕はそろそろ開店準備を真剣にやらなきゃまずいから、ちょっと失礼」

砂山はそそくさと出て行き、狭い楽屋には、悠子と海里だけが残された。

海里は、急に居心地の悪さを感じ、突っ立ったまま身じろぎをする。悠子は椅子に掛け直し、テーブルの隅っこに置いてあったバッグから、手帳を取り出した。

「あなた、平日は定食屋さんでお勤めって伺ったけど、お昼間は忙しいのかしら」

海里は正直に答える。

「あ、いえ、うちの店、実は夜だけの営業なんです」

「あら、それじゃ……」

「ことドン被《かぶ》りですけど、そこは気にするなって店長が言ってくれてるので」

「ずいぶん、理解のある方なのね」

「すっげー応援してくれてます」

海里が嬉《うれ》しそうにそう言うと、悠子も温かな微笑を浮かべた。

「近しい方が夢を応援してくださるのは、凄く嬉しいわね。……じゃあ、直近でわたしが時間を取れるのは、明後日《あさって》、金曜日の午後五時くらいからなんだけどいいかしら」

「大丈夫だと思います。ええと、どこで……あ、そうだ。JR芦屋駅前のカラオケボックスとか予約しましょうか？」

海里はそう提案したが、悠子はすぐにそれを却下した。

「狭苦しい空間じゃ、気持ちよく練習できないでしょう。よかったら、わたしの自宅へいらっしゃい」

海里はビックリして目をパチパチさせた。

「えっ？　倉持さんのご自宅、ですか？　いいんですか、そこまでしていただいて」

「だって、それならわたしは移動で時間をロスしなくていいもの。ありがたいわ。子供も手を離れて、今は夫と二人暮らしだから、お客様はいつだって歓迎よ」

「はあ……」

それでもなお恐縮する海里に、悠子はちょっと照れたように片目をつぶって囁《ささや》いた。

「それに、外でこんなハンサムさんと二人で会ったら、夫がヤキモチ焼いちゃう」

「あ、えっ、あの、それは、ええと」

「冗談よ。でも、あなただって既婚の女優と密会なんて言われちゃ困るでしょ？」

「それは滅茶苦茶《めちゃ》困ります！」

即座に同意した海里に、悠子は小さな声を立てて笑った。

どうやら彼女は、海里が芸能界を追われた事情も、少しは知っているらしい。

「じゃあ、我が家までいらっしゃい。夫にもあなたを引き合わせたいわ。レッスンを重ねて、一緒にステージに立ちましょう。あなたはカンがいいみたいだから、きっとそう長くはかからないはずよ」

そう言ってから、悠子はさっきの本に名刺を挟み、再び海里に差し出した。

「この本は短編五本からなっているのだけれど、さっき読んだ一編を、二人で取り組む最初の題材にしましょう。この本はあげるから、明後日までに読んできてちょうだい」

「ありがとうございます。でも、いいんですか？」

「わたしにはもう一冊、淡海先生のサイン入りがあるから」

「なるほど……じゃ、いただきます」

海里は本を受け取り、名刺を抜き出してみた。

倉持悠子の名前の他に、自宅の住所と電話番号も記載されたものだ。

「それでわかるかしら？」

「大丈夫です。スマホの地図アプリ使うんで」

「若者はいいわよねえ、スマホを使いこなせて。わたしはダメ。未《いま》だにガラパゴスよ」

いわゆるガラケーを見せて笑う悠子に、海里は深々と頭を下げた。

「あの、ホントにありがとうございます。よろしくお願いします」

悠子も立ち上がり、海里に右手を差し出した。

「こちらこそ、出会ってくださってありがとう。いい舞台を、一緒に作りましょうね」

レッスンを受ける以上、悠子と海里は相棒以前に師弟になるわけだが、悠子が握手を求めたのはきっと、「あなたをプロとして扱う」という意思表示なのだろう。

それに気付いて、海里はまた違うプレッシャーを感じつつも、そっと彼女の手を握った。

たおやかに見えた、海里よりひとまわり小さく柔らかな悠子の手は、予想外に力強く握り返してきて、海里がそれに驚く暇もなくスッと離れた。

「じゃあ」

潔い握手と、短い挨拶《あいさつ》。

既に彼女は、オーディションの審査から舞台への出演準備に気持ちを切り替えているのだ。これ以上、彼女の時間を無駄にすることは、海里には許されていない。

「失礼します！」

もう一度、勢いよく頭を下げると、海里は大慌てで退出した。

おそらく、「開店準備」は、悠子と海里に二人の時間を持たせてやろうという砂山の心遣いで、本当はそんなものは既に終わっていたのだろう。

海里が楽屋を出ると、既にテーブル席二つが埋まっていた。

スマートフォンで確認すると、もう午後六時の開店時間を少し過ぎている。

カウンター席にも、既に二人が座っていた。

「おっ、終わった？」

カウンターの中で仕事中の砂山は、軽く顎をしゃくって、海里にこちらに来るよう合図した。海里は、客たちに軽く一礼して、隅っこのフラップを上げてカウンターに入った。

「はい。お邪魔しました。あ、サンドイッチ。そっか、ここ、フードも出すんですね」

砂山は、丁寧な手つきで上品なハムサンドイッチを作りながら「そりゃねえ」と、やはりのんびりした口調で答えた。

「乾き物だけじゃ、間が持たないでしょう。テレビマン時代に、シェフの人生に迫るドキュメンタリーを撮るために、密着取材する自分も勉強しなきゃって調理師免許を取ったのが、こんなところで生きてくるとはって感じだよ。同僚には凝り過ぎだって馬鹿にされたけど、何が役立つかわかんないよぉ、人生」

「へえ」

「まあ、手伝いの子が来るまではワンオペだからね。鍋《なべ》とか使うと洗い物が大変だから、君のお店と違って、ほとんどコールドフード。あとはレンチン。音は鳴らないようにしてあるけど、電子レンジにはバンバン働いてもらってる。僕の片腕だな」

そう言って笑う砂山に、海里は心配になって、つい訊ねてしまった。

「それだって、ひとりでドリンク作ってフード作ってじゃ、大変でしょ。手伝いの人、いつ来るんですか？」

「うーん、まあだいたい七時過ぎくらい。子育て中の人なんで、忙しいんだよ」

「へえ……」

そんなやり取りをしている間にも、新しい客がひとり入ってくる。海里は思わず反射的に、「いらっしゃいませ！　こちらどうぞ」と、カウンター席に誘導してしまった。

「あ。す、すいません。俺、つい」

ハッと我に返って小声で謝る海里に、砂山は面白そうに小さな目をパチクリさせて笑った。

「おっ、定食屋の本領発揮だな。なんならちょっと手伝っていくかい？　倉持さんのステージは七時からだから、聞いて帰ればいいじゃない？」

「えっ？　マジですか？　あ、でも」

海里は目を輝かせたが、すぐに既に店を開け、あちらもワンオペで頑張っている夏神のことを思い出して、躊躇《ちゅうちょ》した。

しかし、ジャケットの胸ポケットから、ロイドが海里にしか聞こえない声で囁く。

『今宵《こよい》は、許していただいたら如何《いかが》です？　夏神様も出がけ、時間は気にするなと仰せでしたし』

「確かにそうだけど」

海里も、吐息にほんのちょっと色がついた程度の小声で応じる。

『師匠のお芝居を見学させていただけるなど、弟子にとってはそれ以上ない喜びでございましょう。お帰りになってから、獅子奮迅《ししふんじん》のお働きを見せればよいのです』

ロイドの言うことはいちいちもっともで、海里の心の中にも、悠子の朗読をもっと聞きたい、彼女のステージでの佇《たたず》まいを知っておきたいという気持ちが強くある。

（ゴメン、夏神さん。今夜だけ、もうちょっとワンオペ頑張って！）

心の中で夏神に詫《わ》び、海里は砂山に言った。

「じゃあ、少しだけお邪魔します。やれること、何でも言ってください」

そう言いつつ、早くも手を洗い始めた海里に、砂山は「頼もしいねえ」と笑いながら、出来上がったサンドイッチにポテトチップとパセリを添え、それをアルミのトレイに載せてこう言った。

「予備のエプロンがなくて申し訳ないけど、まあいいか。それを一番……ええと奥右手のテーブルのお客さんに。そこのボックスに入ってる、使い捨てのおしぼりを二つ添えて。あと、そろそろチェイサーに水二つ、一緒に持っていってあげて。グラスはそっち、水は冷蔵庫、氷はこのバケットの中」

「かしこまりました！」

定食屋の店員をやっているときは使わない台詞《せりふ》だが、カフェ兼バーならば、そのくらいの態度が無難だろう。

手を拭《ふ》くが早いか、少しの迷いもなく要求されたものを揃え始めた海里のテキパキした姿に、砂山は「ホントに頼もしいなあ。ステージだけじゃなく、ホールでもお世話になりたいくらいだよ」と、まんざら冗談でもない口調で呟《つぶや》いた……。

「お待たせしました。本日の日替わり、煮込みハンバーグ定食。ご飯はご注文どおり軽めにしときましたけど、こんなもんでええですかね？」

テーブル席に、両手に一人分ずつ持って運んできたトレイを置き、夏神はそう訊《たず》ねた。

会社帰りらしい、スーツ姿の若い女性二人組は、それぞれ自分の前に置かれたトレイを見下ろし、目を輝かせる。

白い大皿には、敢《あ》えて厚みを出してごろんと成形した大きなハンバーグと、しめじ入りのトマトソースがたっぷり、さらに付け合わせのキャベツ千切りとスパゲティサラダが載っている。

小鉢には酢れんこんにたっぷりすりごまをまぶした、口の中をさっぱりさせるのにぴったりの一品。そして汁物は、白菜と油揚げ、鶏肉と里芋で作った和風スープである。

「うわあ、やってもうた。これ、ご飯お代わり必須《ひっす》やん」

「ホンマやわ。マスター、糖質制限の邪魔せんといてください」

そんな賛辞とも苦情ともつかない感想を口々に投げかけられ、夏神はちょっと情けない顔で、「えらいすんません」と笑った。

さい」

「せやけど、しっかり食うて、明日《あした》への活力にせんと。お代わり、遠慮のう言うてくだ
「はーい。絶対言うてしまうわ」

「ほんまに。じゃ、いただきます！」

「よろしゅうおあがり。ごゆっくりどうぞ」

手を合わせて箸《はし》を取った二人に挨拶を返して、夏神は厨房《ちゅうぼう》へ引き返した。

壁の時計を見れば、午後七時過ぎ。

テーブルは満席、カウンターには二人。

調理から接客、会計までひとりでこなすにはやや焦る客入りだが、幸い、この店はメニューが日替わり一種類だけなので、白飯のお代わり以外の追加オーダーは発生しない。

それに、今日は海里とロイドの不在が前もってわかっていたので、主菜も副菜も汁物も、すべて仕込みの段階でほぼ仕上げに持っていけるようにした。

おかげで今のところ、最低限の待ち時間で、客に料理を出すことが出来ている。

(イガとロイドは、今頃楽しゅうやっとるかな)

夏神は、今のうちにと洗い物を始めながら、小さく微笑んだ。

一時間ほど前、「女優さんは、ゆうこお姉さんだった！　オーディション受かった！

ステージ見てから帰ってもいい？」という短いメッセージがスマートフォンに届き、夏

神もまた「ええよ」とこちらも極端に短い返事をしておいた。

　それ以降、海里から連絡はないので、おそらく今頃は、先輩役者のステージを大いに楽しんでいることだろう。

(ゆうこお姉さんて、確か倉持悠子、っちゅうたかな。ドラマで何度か見かけた気ぃはするけど、俺、芸能界は疎いからなあ。いつか、この店にも来てくれはったらええんやけど。ほしたら、イガが世話になってます言うて、ご挨拶もできるしな。そうでないと、俺がノコノコ行って頭下げるっちゅうんも、あんまり過保護やし)

　そんなことを考えながら、綺麗《きれい》に洗い上げた皿をステンレス製のカゴに置いたそのとき、夏神はギョッとした。

　さっきまで誰もいなかったはずの、いちばん奥まったカウンター席に、高齢の男性がひとり、座っていたのである。

(嘘やろ。俺、気ぃつかんかったんか)

　そこまでぼんやりしていたつもりはなかったのだが、あるいは、とてつもなく静かに入ってきたのだろうかと、夏神は慌てて男性に声を掛けた。

「どうも、いらっしゃい」

　男性は、黙って薄く微笑んで、軽く目礼してくれた。怒っている様子はないので、そう長く待たせたわけではなさそうだ。

　しかし、ホッとした夏神が男性のためにお茶を煎《い》れようと魔法瓶を手にしたとき、彼の正面に座っている常連客の男子大学生が、不思議そうに夏神を見た。

「マスター、今、壁に挨拶《あいさつ》してたんすか？　トレーニング？」

「へ？」

キョトンとする夏神に、大学生は老人が座っている席を無作法に指さし、こう言った。

「や、誰もいないほう向いて、『いらっしゃい』って言ってたから、エアー挨拶か、ボイストレーニングか何かかと思うて。扉は閉まってるから、呼び込みってわけでもないやろうし」

「エアー挨拶て、そこに……ぁ」

夏神は、そこに実際に客がいる、と言いかけて、ハッとした。

さっきは慌てたので気づけなかったが、よくよく見れば、確かにそこに男性の姿はあれど、うっすらと身体の輪郭線が滲《にじ》んで周りの空気と溶け合っているような、独特の違和感がある。

（このパターン、久々過ぎて忘れとったけど、幽霊の客か！）

そこでようやく、夏神は、老人が入ってきたのに気付かなかった理由に気付いた。彼が、既にこの世の人ではなかったからだ。

「あー、まあ、トレーニングやな。今日はイガとロイドがおらんから、俺が挨拶を頑張らんとアカンし」

夏神は、咄嗟《とっさ》にそんな嘘をついて誤魔化した。

いつも賑《にぎ》やかに挨拶をする二人がいないのは事実なので、大学生は笑って納得し、食事を再開する。

水場、つまり川の側だからか、あるいはそういう立地なのか、夏神にはよくわからないが、この店には、時々、死者が幽霊の姿になって現れる。

その理由は、人恋しかったり、ただ何となくだったり、幽霊によって様々だが、その中には、死してなお、彼らの魂を現世に縛り付けている心残りにまつわる、「最後の一皿」を求めてこの店を訪れる幽霊もいる。

夏神は、海里やロイドと共に、そうした幽霊たちに、彼らのためだけの特別な料理を作り、それを味わった彼らが、安らかにこの世から旅立っていくのを見届けてきた。

あるいは今、穏やかな表情で黙然と座っている老人もまた、そうした「一皿」を求めて、ここにやってきたのかもしれない。

(俺は、あんまし霊感が強うないから、イガやロイドみたいにハッキリ姿が見えることはまずまず珍しいんやけど、まだ死にはって日が浅いんかな)

そんなことを思いながら、夏神は熱いお茶を煎れ、大きな茶瓶を手にカウンターを出た。客席を回ってお茶のお代わりを注ぎ、そしてカウンターに戻ってから、ごくさりげなく新しい湯呑《ゆの》みに茶を注ぎ、他の客に気取られないように、洗った食器を片付ける風を装って、老人の前にそれをそっと置いた。

それから、他の客には聞こえないような小声で、「ちょい待っとって貰《もら》えますか？」と老人に問いかけた。

これまで、幽霊の姿は見えても、海里やロイドがするように、自由に会話することは滅多にできなかったので、今回も望み薄だと思っていたのだが、驚いたことに、老人は頷《うなず》き、『ええよ』とはっきりした声で応じた。

夏神はギョッとして慌てて他の客席を見回したが、誰もこちらを見ていない。大学生の客と同様、他の客たちも、老人の姿が見えず、声も聞こえないようだ。

「すんません」

夏神は低く詫《わ》びて、老人の前から離れた。

「マスター、お代わりええですか？」

そう言って、大学生が茶碗《ちゃわん》を差し出してくる。

「勿論《もちろん》ええよ。キャベツもお代わりしたらどうや？」

とにかく今は、「生きている」客の相手に専念することにして、夏神はカウンター越しに茶碗を受け取った。

「や、キャベツはいいっす」

「野菜もようけぇ食わな、肌荒れすんで」

「大丈夫ですよ、俺、毎朝、野菜ジュース飲んでるんで」

「ジュースだけでは、万全やないらしいで？」

「マジですか？　なんで？」

「いや、よう知らんけど、テレビでそう言うとった」

そんな他愛ないやり取りをしながら、夏神は炊飯器を開け、まだ炊き上がってさほど時間が経っていないので、ピカピカに光る白飯を、茶碗に気前よく盛りつける。

それを見ていたテーブル席のほうからもお代わりのリクエストが相次ぎ、夏神はトレイを持って客席へ飛んでいく。

年老いた男の幽霊は、そんな活気溢《あふ》れる店の様子を、どこか楽しげに眺めていた。


それから四十分ほど後。

「おおきにありがとうございました！　またどうぞ」

結局、「半膳《ぜん》だけ」のお代わりを二度もした女性の二人連れを送り出し、夏神は店に戻ってきた。

ようやく波が去り、今、店内には老人の幽霊以外、客はいない。

夏神は、テーブル席の空いた食器をトレイに集めながら、老人に声を掛けた。

「いらっしゃい。……ほんで、どないしはったんですか？」

それは恐ろしくざっくりした問いかけではあったが、夏神には他に訊《たず》ねようがなかったのである。

ロイドのような人なつっこさも、海里のような小洒落《こじゃれ》た語彙《ごい》も持たない夏神には、常に直球を投げる以外の道はない。

老人の幽霊は、その質問に少し困った様子で首を捻《ひね》ったが、すぐに『なんも』と短く答えた。

「なんも……？」

驚きながらも、夏神は空いたテーブルを拭《ふ》き、食器を山積みにしてズッシリ重くなったトレイを両手でえいやと持ち上げた。太い二の腕に、隆々と力こぶが盛り上がる。

それを厨房《ちゅうぼう》に持ち帰った彼は、食器をシンクの洗い桶《おけ》に浸けながら、改めて老人の様子を観察した。

おそらく年齢は、七十代そこそこくらいだろう。

中肉中背で、体型には大した特徴はないが、一見していちばん印象的なのは、姿勢の良さだ。

見ているだけで夏神に軽く気合いが入るほど、背筋がピンと伸びている。

ずいぶん長い間、幽霊とはいえ座りっぱなしにさせてしまったというのに、その間、彼のそうした端正な姿勢が崩れることは一度もなかった。

着ているものは、タートルネック……というよりは、とっくりのセーターという表現がピッタリの、顎《あご》で一度折り返してもなお立ち上がりの高いえんじ色のセーターに、灰色のスラックス。なんとも微妙な取り合わせだが、不思議とややバタくさい顔に似合っている。

どこから見てもアジア人なのだが、濃淡だけで言えば、人間の姿のときは英国紳士のロイドよりもなお濃い目鼻立ちだ。

もはや白髪のほうが多くなった髪はフサフサと量が多く、オールバックに撫《な》でつけられている。やはり白い眉《まゆ》は太く、目鼻立ちはやや過剰なまでにクッキリしていて、どこか上野《うえの》の西郷《さいごう》さんの像を思わせる迫力がある。

それなのに、表情は何やらもの柔らかなので、口から飛び出す昔ながらのはんなりした関西弁と相まって、夏神をどうにも落ちつかない気持ちにさせる。

「あの……しょーもないこと伺いますけど、幽霊、なんですよね？」

夏神の問いに、老人は、唇が内側に巻き込んでいるせいで、もはや一本線に見える口を開いた。

『俺は、橋口《はしぐち》っちゅうねん。橋口電気店の橋口や。幽霊かどうかは知らんけど、まあ、ずいぶん前にいっぺん死んだ記憶があるよって、幽霊やっても不思議はないわいな』

「……はあ。橋口電気店の、橋口さん」

『そや。死んでそれきりなんもかんも終わったと思うとったのに、気ぃついたらここにおったわ。なんでやろな』

「なんでやろなって」

呆気《あっけ》にとられる夏神を可笑《おか》しそうに見て、老人……橋口は、ニイッと笑った。口が線に見えるせいか、あるいは大きな目やボタンのようにずんぐりした鼻のせいか、表情がいちいちセサミストリートのマペットのようで愛嬌《あいきょう》がある。

（なんや調子が狂うなあ、この爺《じい》さん）

どうもこれまでの幽霊たちと違い、この世をどうしても離れられない心残りがある、というような切実さや怒りといったリアルな感情が伝わってこない。

しかも……。

夏神はふと気付いて、橋口と名乗る老人に訊ねてみた。

「さっき、ずいぶん前に死にはったって。いつ頃です？」

すると橋口は、店の壁に据え付けられたテレビを指して、感心した様子で言った。

『薄型のテレビは、俺が生きとる頃にもぼちぼち出てきよったけど、あない大きい奴を、こないな店に据えられるほど今は安いんか？　俺がくたばった病院で貸してくれたテレビは、こないに小そうて、厚みばっかりどーんとありよったで？　技術がそんだけ発達した、つまり、俺が死んでからそのくらい経ったんやろな』

「……なる、ほど。ということは、ぎりぎりブラウン管テレビの時代ですか。あれ、いつまでブラウン管やったかな」

首を捻る夏神に、橋口は逆に質問を投げかけてきた。

『それはそうと兄ちゃん、ここはどこや？』

夏神は、戸惑いながらも答える。

「芦屋です。この辺の人やないんですか？」

すると橋口は、少し驚いた様子で片手をヒラヒラさせた。

『芦屋！　そらまた、遠いとこに来てしもたなあ。俺は、寝屋川《ねやがわ》に住んどったんや。知っとるか、大阪の……』

「知ってます。……ほな、亡くなりはったんがこっち……？」

『いんや？　家の近所の病院やけど』

「……なんやて？」

夏神は少し混乱して、バンダナの上からこめかみをカリカリと掻《か》いた。

夏神が知る限り、これまでここに現れた幽霊は皆、死んでからそう時間が経っておらず、しかもこの近辺で命を落とした人々だった。

それが、目の前にいる橋口は、おそらく十年以上前に死亡して、しかもそれはここからかなり離れた大阪府寝屋川市内だという。

「なんで、ここに来はったんでしょうね？」

『知らん』

「何ぞ、思い残したことがあったとか？　ここが思い出の土地やとか？」

『何もあれへん。ずっと街の小さな電気屋をやらしてもろて、子供をみんな独立さして、孫も三人抱いて、嫁はんを見送って、俺自身も、子供らや孫らに囲まれて賑《にぎ》やかに看取《みと》ってもろて、えらいこと上出来な人生やったで？　ここに来た覚えもあれへんな』

「ほな、もしかして、こう、この世に遺恨を残すトラブル的な……」

『こないして化けて出るほどの恨みはあれへんよ。俺、顔はこれやけど、身の丈で実直に生きとったんやで？　借金もなければ、誰の保証人にもなっとらん』

「ほな、なんで……」

『なんでこないなとこに来てしもたんやろな。さっぱりわからんなあ』

夏神が疑問を発する前にサラリと答えて、橋口は面白そうに店内を見回した。

『ここは、兄ちゃんの店か？　ひとりでやっとんか？』

夏神は、カウンター越しに老人と向き合い、頷《うなず》く。

「そうです。いつもは店員があと二人おるんですけど、今日は別んとこに行ってまして」

『ほうかー。ええ店やな。お客さんがみんな、旨《うま》そうにメシ食うとった』

「ありがとうございます。……ああ、そや」

そう言われて、夏神は思い出したように橋口に問いかけた。

「なんでここに来はったんかは知りませんけど、そこに座りはった以上、うちのお客さんとして、何ぞ食うていってほしいんです。今日の日替わりはどないです？」

すると橋口は、苦笑いでかぶりを振った。

『いやいや、俺な、胃癌で胃を全部取ってしもうてな。結局、それでもあちこちに癌が飛んで死んでしもたんやけど、死ぬまでの何年間かは、ほんまに食われへんかってなあ。脂っこいもんがあかんのや』

夏神は、困り顔で、コンロのほうを振り返った。寸胴鍋《ずんどうなべ》の中では、蛍火にかけたソースの中で、ハンバーグが静かに煮えている。

「あー……ハンバーグはちょっときっついですか。すんません。とはいえ、言うたら何ですけど、もう、その……死んではるんやし、むしろ大丈夫なんと違いますか？」

言いにくそうに夏神がそう言うと、橋口は照れ臭そうに頭を掻いた。

『それはそうかもしれんけどな、兄ちゃん。どうも食いたいっちゅう気持ちが湧かんのや。あかんもん食うてしもて、何時間も七転八倒した記憶が甦《よみがえ》るんやなあ』

「ああ、なるほど。ほな」

夏神は、今度は冷蔵庫のほうを見た。

「なんでここに来はったんかはわからんでも、何ぞ食えそうなもん、食いたいもんがあるんやったら、試しに作ってみましょか。気が進むもんやったら、食えるかもしれへんですし。何でも作れるとは言われへんですけど、あるもんでできる料理やったら」

とにかく、次の客が来るまでに、この風変わりな、しかし抗《あらが》いがたい親しみの湧く幽霊に、何か料理を出してやりたい。

定食屋の主人としての矜持《きょうじ》が言わせた台詞《せりふ》に、橋口は『そやな～』と、夏神と同じ腕組みポーズでしばらく考えてから、ぽつりと言った。

『何が食いたいっちゅうんは、悪いけどないねん。せやけどこう、家内が死んでからは、息子の嫁が作ってくれた料理が、まあハイカラでなあ』

「ハイカラ、ですか」

『育ち盛りの子供らとは別に、俺用に消化のええもんを頑張って作ってくれてありがたかったんやけど、やっぱし若い子ぉやから、洋風の料理が得意やろ』

「ああ、そらまあ、そうかもしれませんね」

『やっぱし、出汁《だし》と醬油《しょうゆ》のようきいた、昔ながらの味が恋しい気ぃはするわなあ』

「昔ながらの味、ですか。言うたら、昭和の料理……？」

『そやなあ。小さすぎて覚えてへんけど、俺、一応、戦争は擦《かす》っとるんや。そやから、小さい頃は、まだそない何でもあるっちゅう時代やなかった。その頃に、お袋が一生懸命工夫して作ってくれた料理が、やっぱし懐かしいんやろな』

　夏神は腕組みを解き、なるほど、と頷く。

『男はいくつになっても、結局お袋がええねん。家内には悪いけど、死んでみて思い出すんはお袋の味や。あっ、せやけど家内の作る料理も旨かったんやで！　ビーフシチューなんか、絶品やった。こう、ちっこいタマネギやらわざわざ買《こ》うてきてなあ』

「ペティオニオンですか」

『知らんけど。ちっこいタマネギや』

「なる、ほど。戦後の料理……あ、ちょー待ってください」

　そう言うと、夏神は二階に駆け上がり、すぐに一冊の本を持って戻ってきた。

「お待たせしました。これなんですけど」

夏神は、その本の表紙を橋口に示した。

くすんだ緑色の硬い表紙には、「四季・家庭栄養料理大全集」と右から左へ読む古風な横書きで表題が書かれている。どうやら、かなり古い料理の教本らしい。

それを見た橋口は、やたら睫毛《まつげ》のびっしりした目を見張った。

『おお、なんや年代もんの本やないか。それこそ、俺がガキの頃に出回ったような本違うか？』

夏神は頷き、本を手に持ったままこう言った。

「奥付を見る限り、初版は昭和十五年の本ですわ」

『俺が生まれる前に出た本か。昭和十五年言うたら、零戦《ゼロせん》が出来た年やな！　そやけど、兄ちゃん、そない古い本をどないしてん。古本屋で買うたんか？』

「いえ、俺の料理の師匠の持ちもんやったんですけど、譲って貰《もら》うだけ貰《もろ》うて、ずっとしまいこんだままやったんです。せやけど、古い料理を勉強して……何て言いましたっけ、温故知新？　まあ、そない大層なもんやないですけど、作れるもんは作ってみて、日々の定食屋の料理に生かしていきたいと思うてるところなんです」

『……ほう』

「言うても、ついさっき、店開ける前に初めてパラ見したんで、まだ何も作ってへんのですけど、戦後の主婦も、このあたりに出た料理本を使《つこ》うてはったん違いますかね。せやし、もしこん中に食べたい料理が見つかって、俺に作れそうやったら……」

喋《しゃべ》りながら、わら半紙の茶色く変色したページをパラパラめくっていた夏神は、あっと声を上げた。

何かがページの間から調理台の上にヒラヒラと落ちたのだ。

それを注意深く太い指でつまみ上げた夏神は、ああ、と声を上げた。

「押し花や」

橋口も身を乗り出してそれを見て、はー、と何やら間の抜けた声を出した。

『ほんまや。押し花やな』

それは、カラカラに乾燥し、本の間で押し潰《つぶ》されてセロハンのように薄くなった、一輪の大きな花だった。

細いおしべは外れてページの間に挟まっているが、直径十センチほどある丸い花の形はほぼ完全に保たれ、花びらのピンク色も、いささか褪《あ》せてはいるが、まだまだ美しい。

夏神は、あまりに薄い花びらが損なわれないよう、ソロリとページの上に置き直し、首を捻《ひね》った。

「師匠が押し花なんぞするとは思われへんので、師匠の前の持ち主がやらはったんですかね。師匠は生前、こういう昔の料理の本を、古本屋で買い集めて勉強したて言うてましたから」

『…………』

橋口は、ぼんやりと夏神がページの上に置いた押し花を眺めている。

「どないしはりました？　朝顔ですかね、これ」

『いや、朝顔の花びらは、そない細こう分かれてへんやろ。芙蓉《ふよう》と違うか』

「芙蓉……咄嗟《とっさ》に花が思い浮かばへんけど、そうなんですか」

『うん、芙蓉や。……戦時中は、美術品なんぞない時代や。庭に咲く花が、うんと綺麗《きれい》に見えたんやろな。綺麗なもんを、傍に置きたかったんや』

橋口の実感のこもった言葉に、夏神は感慨深げに同意した。

「ああ、なるほど。……そうかもしれへんですね」

『おう。……あんなあ、兄ちゃん。気持ちはありがたいけど』

橋口はそう言うと、夏神が持つ本を指さした。夏神は、そっとページをめくり、押し花をもう落としたり飛ばしたりしないようにしてから、返事をする。

「はい？」

『兄ちゃんがその本を見て、目方どおり、作り方どおりに作ってくれても、俺が食いたい懐かしい味にはならへんのと違うかなあ』

夏神は、太い眉《まゆ》をひそめた。

「そう、ですか？」

橋口は腕組みしたまま、軽くのけぞり、目を閉じる。

『野菜の味も肉の味も、昔とはすっかり違《ちご》うてしもた。戦後すぐの頃は、ガスコンロがまだ使えんかって、七輪で煮炊きしとったんやで？　火力も全然違うやろ。鍋《なべ》も違う。人間の味覚も、きっと違う』

「……確かに」

『当時のことをなーんも知らん兄ちゃんが、その本見て、書いてあるとおりに作った料理は、ままごとと違うか』

鋭い指摘に、夏神はうっと言葉に詰まる。橋口は、申し訳なさそうに眉尻《まゆじり》を下げてこう続けた。

『兄ちゃんの親切はありがたいけど、俺の懐かしい味を、兄ちゃんが作るんは無理やろ。俺の経験や、母親のこと、当時の生活の色んなことが、記憶の味には乗っかっとるんや。それが、思い出の料理の味や。厚みが違う』

「……つまり、俺が昔の本を見て作る料理は、薄っぺらい味っちゅうことですか」

『口が悪うて堪忍やで。せやけど、そう違うか？　昔の料理を勉強するんはええかもしれんけど、それを定食屋の料理に生かすんは、無理やと思うで？』

「うう……」

亡き師匠の教えとは真逆とも言える、しかしもっともな意見に、夏神は唸《うな》る。

『いやいや、気持ちは十分もろた。おおきに、おおきに』

「や、そやけど」

夏神が何か言い返そうと言葉を探していたそのとき、背後でガラリと引き戸が開く音がした。

すわ来客かと、夏神は「いらっしゃい！」と反射的に声を掛け、身体ごと振り返る。

しかし、店に入ってきたのは、海里とロイドだった。

「なんや、お前らか」

いきなり気抜けした声で迎えられ、海里はやや不満げに口を尖《とが》らせた。

「いきなり『なんや』ってなくない？　一応ひとことくらい、おめでとうとか……いや、俺の、遅くなってすいませんが先だけど」

夏神は慌てて詫《わ》びた。

「いや、すまん。オーディション合格おめでとうて言うつもりやったんやけど、こちらの人が……」

夏神は、橋口を海里たちに紹介しようとして、あっと声を上げた。

さっきまでそこに座っていた老人の姿は、あとかたもなく消えている。

「そちらの人？」

海里は不思議そうに首を傾げたが、傍らに立つロイドは、微笑んで言った。

「またこの世のものならぬお客様がおいでだったようですね。ご挨拶《あいさつ》申し上げる前に、消えてしまわれました」

「えっ、マジで？　気付かなかった」

「オーディションでお疲れで、注意散漫になっておられるのでは？」

そう言いつつ、ロイドはさっきまで橋口が座っていた席に歩み寄り、椅子の座面にそっと手のひらで触れた。

「気配自体は、強くございませんね」

夏神は、曖昧《あいまい》に頷《うなず》く。

「ずいぶん前に、大阪府内で死んだ人やった」

「マジ？」

海里は驚いた様子で、コートを脱ぎながらロイドの傍に行く。夏神は、手にした本を食器棚の空き場所にそっと立て、溜《た》め息《いき》をついた。

「なんも食わしてあげられへんまま、消えてしもたな」

「俺たちがビックリさせちゃったのかな。また来てくれるんじゃね？　なんでそんな昔、しかも遠くで死んだ人が、ここに来てんのか知らないけど。わけ、訊《き》いた？」

「いや、本人もわからんて言うてた。特に不満も未練もないそうや」

「ふううん……？　あっ、それより、さっき表で仁木《にき》さんに会ったよ」

海里は「思い出した」というようにポンと手を打った。

仁木さんというのは、「ばんめし屋」のすぐ近くにある芦屋警察署生活安全課勤務の刑事、仁木涼彦《すずひこ》のことである。

海里の兄、一憲の高校時代の同級生で、「ばんめし屋」の常連のひとりだ。

夏神は、気の毒そうに、警察署のほうを振り返った。

「なんや、また夜勤か」

「自主当直ってやつじゃね？　また、ストーカー被害に悩んでる女の人の自宅周辺を、見回って帰ってきたとこだって言ってた。ほら、あの、新しく相棒になった竹中《たけなか》さんと一緒に」

「ああ、あのヤンキーみたいな兄ちゃんな」

「せめてソフトヤンキーって言ってあげて。とにかく今夜は泊まりだから、定食二つ、出前してもらえないかって」

「おう、お安いご用や。すぐ用意するわ。お前、せっかく綺麗な服を着とるんやから、そのまま出前してくれや」

そう言うと、夏神はすぐに出前用の密閉容器を取り出し、調理台の上に並べ始める。

「せっかくの幽霊さんとの語らいの時を、わたしたちがお邪魔してしまいましたでしょうかね」

ロイドはなおも申し訳なさそうにそう言ったが、夏神は首を振った。

「いや。そうでもないやろ。ちょうど俺が、ガッカリさしてしもたとこやったしな」

さりげない風を装っているが、本当に落胆を隠しきれない夏神の様子に、海里とロイドは顔を見合わせる。

「夏神さん、幽霊さんとなんかあった？」

夏神は、何か言いたげな顔で海里を見たが、すぐに「いや」と広い肩をそびやかした。

「どうも、橋口さん……幽霊の食いたいもんは、俺には作られへんらしいわ」

「そうなの？」

「ええから、保冷バッグ出して、出前の支度をせえ。せっかく、ほぼ隣にあるようなもんなんや、熱々で食うてもらいたいからな」

夏神は、大きなハンバーグを鍋からレードルで注意深く掬《すく》い上げ、容器に二つ入れる。

海里は、夏神のいつもと違う様子に心配そうにしながらも、「わかった」と返事をして、戸棚から、かっちりした作りの保冷バッグを出してきた。いかりスーパーのキャンペーンで、スタンプカードを貯めて手に入れたものだ。

普段、「ばんめし屋」は出前には対応していない。ただ、特殊な事情のある常連客、つまり、〆切《しめきり》が近づくと自宅から出られなくなる淡海五朗、そして警察署から離れられないときがある仁木涼彦のためだけに、注文があれば、海里かロイド、あるいはその両方が食事を届けることになっている。

「とはいえ、すぐに食えない可能性もあるよ。いつ呼び出しがかかるかわかんない仕事だし」

海里の指摘に、夏神は、ご飯を容器に詰めようとしていた手を止めた。

「そやな。ほな、出先でも食えるように、せめて飯はおむすびにしとこか」

「それがいいよ。夏神さんのおむすび、旨《うま》いからね」

「ただの塩むすびに海苔《のり》巻いただけやで」

不器用な照れ笑いをしながら、夏神は握り飯用の塩と海苔を用意する。

不本意な別れ方をした幽霊、橋口のことは気になるが、少なくとも現時点で、夏神が彼のためにできることは何もなさそうだ。

（まあ、気が向いたら、また来てくれるかもしれへんし、そのときにはまた別のアプローチを試してみよか。それしかあれへんな）

気がかりを振り払うようにブルブルと犬のように頭を振り、夏神は大きな手の平に塩を取って広げ、熱々のご飯を柔らかく握り始めた……。

＊　　＊

翌日、午後一時過ぎに目を覚ました海里は、いつものようにすぐ起き出すことはせず、重い木綿の布団と毛布にしっかりくるまったまま、枕元のスマートフォンを取った。

電話をかけた先は、彼が芸能界を追放されるまで所属していた、小さな芸能事務所である。

どうやらオフィスにいたらしく、三回目のコールで、事務所の社長であり、デビュー時からずっと海里のマネージャーを務めていた大倉美和《おおくらみわ》のハスキーな声が聞こえた。

『もしもし、元所属タレントさんが何のご用かしら？』

いつもの先制パンチに、海里は枕に頭を預けたまま、小さな欠伸《あくび》をしてから言い返した。

「ご用がなきゃかけないよ、元所属事務所の社長さん。おはようございまーす」

『おはよう。何よ、眠そうにたるんだ声で。こっちは忙しくデスクワーク中なのよ。手短にしてちょうだい』

美和はツケツケとそう言ったが、海里の話はちゃんと聞いてくれるつもりらしい。

海里は、「最短で説明するから」と前置きして、「シェ・ストラトス」のことや経営者の砂山のこと、そして倉持悠子のことを簡潔に語った。

「そんなわけでさ、いつとはまだ決まってないんだけど、俺、倉持さんと一緒に、朗読やることになったんだ」

『んまー』

どうやら悠子のことを検索しているらしく、スピーカーから、パソコンのキーボードをパタパタ叩《たた》く軽快な音が聞こえる。

『倉持悠子って、元ゆうこお姉さんでしょ？　あんた、確かファンだったわよね？』

「そうそう。俺、言ったっけ？」

『何度も聞いたわよ。女優になってからはさほど活躍してないと思ったら、結婚して、拠点をそっちに移したのね。引退したわけじゃないけど、仕事をかなりセーブしてたみたいね』

「子供が手を離れたって言ってたから、子育てをメインに据えてたんじゃね？」

『そうなんでしょうね。へえ、今はそっちで朗読なんてやってんの。まあ、もう歳だから、悠々自適って感じかしらね。っていうかあんた、あたしの許しもなくそういうことを……いや、クビにしたタレントが何したって、知ったこっちゃないけど』

予想どおりの美和の言い様に、海里は小さく微笑んだ。

美和はいつもつっけんどんで冷たいことを言うが、その実、心配性で情に篤《あつ》い。他の所属タレントと事務所を守るために海里を解雇してからも、こうして自分から連絡すれば、いやいやを装いつつも、あれこれと相談に乗ってくれるのだ。

「俺も一応、お知らせくらいはしとこうかなと思ってさ。あと、名前はカタカナじゃない、本名の『五十嵐海里』で出ようと思うんだ」

『へえ？　何、検索避《よ》け？　そんなことしても、あんまり意味ないと思うわよ。それに、あの女優の所属事務所も、関西の小さなバーのステージに上がるくらいでどうこう騒がないでしょ。スキャンダルを迂闊《うかつ》に蒸し返したりしたら、むしろ大事な女優のほうに傷がつきかねないもの』

「そりゃわかってるけどさ。もう、あれこれ飾ったりせずに、等身大の俺で板の上に立ちたいんだ。他人にはつまんないこだわりでも、これは俺の気持ちの問題なんだ」

するとと美和は、ひとつ小さな溜《た》め息《いき》をついて、こう言った。

『好きにすればいいわ。あんた、意外と声がいいから、朗読は向いてるかもよ。うんと鍛えてもらいなさい。そしたら戻ってきたとき、ナレーションでそこそこ稼げるじゃない。やっぱり、復帰当初は顔出しじゃないほうが、あちこち刺激せずにすんでいいと思うのよね～』

先だっての淡海の一件では、「もはや海里とは無関係」だと言い通し、ついさっきも「クビにしたタレント」と言っておきながら、美和は今も、海里の芸能界復帰の機会を、密《ひそ》かに探り続けてくれているらしい。

心の中でそれに感謝しつつ、海里はそっけなく言った。

「まだ戻らねえって。あくまでも、定食屋がメイン。まずは、ここでやれる範囲で、芝居もやりたいってだけだから」

そう言うと、美和は少し心配そうに声を低くした。

『ま、頑張りなさいよ。ただ、老婆心で一つだけ。あんたのやる気に水を差すわけじゃないけど、また中途半端にならないようにね』

中途半端という言葉に、海里は寝そべったまま眉《まゆ》をピクリとさせる。

「俺、中途半端な気持ちでやってるわけじゃ……」

『それは、あんたの声聞きゃわかるわよ。だけど、結果として思ったようにこなせなくて、料理も芝居もどっちも中途半端になる可能性もあるわけでしょ？　ん？』

「そ……それは、まあ、うん」

『そんときにどうするかってことも、おいおい考えておきなさいよ』

「……うん」

あからさまにテンションの下がった海里の声に、美和は溜め息のように微《かす》かに笑った。

『そんなにしょげないで。とにかく、チャレンジするのは、きっと今のあんたにはいいことよ。あっ、打ち合わせの時間。じゃあね』

海里の挨拶《あいさつ》を待たず、通話は切れてしまう。

「ったく。相変わらず、言いたいことだけ言いまくって！」

海里はムスッとした顔で、スマートフォンを乱暴に放り出す。

それが畳に落ちる前に両手ですっと受け止めたのは、人間の姿になったロイドだった。

「スマートフォンは、現代人の身体の一部のようなものだと仰せではありませんでしたか？　馴染《なじ》みの深い物品に八つ当たりなさるのは、感心しませんねえ」

自分もついさっきまで眼鏡の姿でスタンドに収まっていたので、ロイドは大袈裟《おおげさ》な呆《あき》れ顔でそんな小言を言う。

海里と美和とのやりとりに、ずっと聞き耳を立てていたに違いない。ロイドなりの慰めに、海里は恥ずかしそうに両手で顔をゴシゴシと擦《こす》った。

「別に凹《へこ》んでねえし。俺だってわかってるんだ、自分がそんなに器用じゃないってことは。何もかもやろうとしたら、たぶん、何もかも中途半端になるだろうってことも」

「それでも、おやりになりたいのでしょう？　お店のお仕事も、朗読のお仕事も」

海里は顔を覆ったままでもそりと頷《うなず》く。

「やりたい。どっちもやりたい。料理も芝居も、どっちも大事で、どっちも好きだ。どっちかを選んで、どっちかを選ばなかったことをあとからずっと後悔するより、今は闇雲にやってみたいんだ。どう転ぶかはわかんないし不安だし、夏神さんにもまた迷惑かけちゃってるけどさ」

一息に話し終え、ようやく手のひらを外した海里の不安げな顔を真上から覗《のぞ》き込み、布団のすぐ脇に正座したロイドは、ニッコリした。

「夏神様は、海里様がどの道を選ぼうと、それを海里様が望んで歩く限り、応援してくださいます。わたしもそうです。予測はいつも百パーセントの確率ではございません。ここから先は、海里様次第ですよ」

「……そうだよな。俺、自分の手でレールを敷いて、進んでいくって決めたんだもんな。失敗したって、自分で選んだ道なら、受け止められる気がする」

「そうですとも。人の道に外れること以外は、何でもおやりなさいませ。わたしなど、眼鏡の身でありながら、海里様に先駆けて、そうしておりますよ」

大真面目にそんなことを言い、得意げに胸を張るロイドに、海里はとうとう笑い出してしまった。

「だよなあ。眼鏡のお前がそんだけ自信満々にやりたい放題なのに、主人の俺が不安がってたら超格好悪い。よーし！」

何かを吹っ切ったように弾みをつけて起き上がった海里は、いつもの彼らしい溌溂《はつらつ》とした口調と表情で言った。

「付け焼き刃だけど、明日《あした》のレッスンに備えて、ちょいと芦屋川沿いでも走り込んでくる。お前も来るか？　応援してくれるんだろ、俺のこと」

途端に、ロイドの姿はかき消えた。代わりに、眼鏡スタンドにセルロイド眼鏡がちょこんと戻っている。

「おい。反則だろ、それ。つか、口だけかよ～」

文句を言いつつ、顔は笑ってしまいながら、海里はどこかにしまいこんだはずのトレーニングウェアを発掘すべく、押し入れの襖《ふすま》を勢いよく開けた……。

四章　月日を重ねること

金曜日、午後五時五分前。

「ふうう……結構きつかったな、最後の上り坂！」

海里は、ここまで無事に導いてくれた地図アプリを閉じ、スマートフォンをバッグに放り込んで、軽く汗ばんだコートの襟元を片手でパタパタさせた。

立ち止まるとたちまち北風が頬を殴りつけてくるが、「ばんめし屋」から三十分近く、緩急はあれどほぼずっと上り坂を歩き続けてきたので、身体はポカポカと温かい。

倉持悠子の自宅は、以前、砂山が言っていたように、「シェ・ストラトス」からさらに北、ヨドコウ迎賓館の前を通り過ぎ、県道三四四号線をさらに十メートルほど上がって東に折れ、脇道を少し進んだところにある一軒家、もといお屋敷だった。

道の向かい側は、芦屋市立山手小学校で、広い校庭が、高い生け垣の枝の隙間からチラチラと覗き見える。海里が通っていた横浜《よこはま》の小学校と違って、校庭は舗装されておらず、乾いた地面が剝《む》き出しになっている。

校庭の向こうに見えるクリーム色の校舎は思いのほか大きな三階建てで、一部、高くなっている部分には、サンルームだろうか、壁面が丸く張り出した空間がある。

（へえ、立派な小学校。こりゃ、登下校時や休み時間は賑《にぎ》やかだろうな）

ランドセルを背負った子供たちがここを行き交う光景を思い浮かべると、海里の顔には自然と微笑みが浮かぶ。ただ、今は下校時刻をとっくに過ぎており、子供たちの姿はないし、徐々に辺りは暗くなってきている。

海里は、改めて悠子の自宅のほうに向き直った。

大きな屋根と、シャッター付きのガレージが通りに面してあり、その横に、煉瓦《れんが》造りのシンプルだが瀟洒《しょうしゃ》な玄関門があった。

植え込みにはローズマリーをはじめ、おそらくはハーブ類とおぼしき植物が綺麗《きれい》に植え込まれており、郵便受けの上に、「倉持」と書かれた表札がかかっている。

（へえ。倉持って、本名なのか）

感心しつつ、海里はインターホンを押そうとした。

だがその寸前に聞こえた「あー！」という男の声に、伸ばした人差し指をピクッとさせる。

「ん⁉」

見れば、門扉から短い階段を登った場所にある家の玄関扉が開き、樹脂製の青いバケツを提げた六十歳前後に見える男性が、海里を見下ろしている。

ポロシャツにジャンパー、スラックスというカジュアルな服装で、手には軍手を嵌《は》めている。服の上からでも、年齢のわりに鍛えられていることがわかる身体つきと、機敏な身のこなしだ。

「もしかして、五十嵐、海里……君？」

折り目正しく、しかし少し考えてから、親しみのある呼び方をして、男性は足取りも軽く階段を下りてきた。足元にバケツを置き、みずから門扉を開けてくれる。

海里は戸惑いながら、ペコリとお辞儀をした。

「ども、五十嵐です。あの」

「倉持です。ああ、ええと、つまり悠子さんの夫の、繁春《しげはる》です。やあやあ、よう来てくれはりました。どうぞ。坂、えらかったでしょう？」

人懐っこい関西弁で労《いたわ》りながら、男性……繁春は、海里を中に招き入れる。

いきなりの展開に、海里はキョドキョドしながらも、門扉の中に入った。

「申し訳ないんやけど、悠子さん、出先の用事が長引いたみたいで、ちょっとだけ帰りが遅れるそうなんやわ。五十嵐君の連絡先をうっかり一昨日《おととい》聞かんかったせいで、連絡取れんかったみたいやね」

「あー、確かに！　俺も迂闊《うかつ》でした。名刺もらったのに、俺のほうは、持ってないもんで渡せなくて。すいません」

「いやいや。悪いんはこっちやて。待ってもらうか、都合悪かったら日を改めてもらうか、どっちかにしてもろてって言われたんやけど、どうやろか」

繁春に申し訳なさそうに問われ、海里は「待ちます」と即答した。

「なんや、定食屋さんの仕事があるんでしょ？　そっちは大丈夫ですか？」

「大丈夫です。がっつりレッスン受けてこいって言われてるんで」

「そう？　そらよかった。ほな、どうぞ」

安堵《あんど》したように温厚な笑みを浮かべ、繁春は海里を家の中へ通してくれた。

「うおー……豪邸」

玄関から一歩入った海里の口から、思わずそんな言葉が漏れた。

外観もお屋敷だったが、中も立派の一言に尽きる。

といっても、決してきらびやかなわけではない。

むしろ、調度品はこざっぱりしている、という印象だった。

日暮れ近くても、外の光が十分に入るエントランスは吹き抜けになっていて、色々な雑誌で見る、北欧の有名デザイナーの照明が天井から下がっている。ちょっとUFOを連想させるデザインなので、こういう場所につり下げるには、遊び心があってお誂《あつら》え向きだ。

家の中の床面は明るい色目のフローリングで、壁は真っ白、天井も白く、開放感と清潔感がある。

案内された、玄関を入ってすぐのリビングルームも、自然な木目と白を基調とした北欧家具で揃えられており、続き間のダイニングルームと共に、庭に面した壁はすべて掃き出し窓になっていた。

「徹底的に開放的ですね」

海里の最高にシンプルな感想に、繁春は可笑《おか》しそうにちょっと身体を反らして笑った。

「あっはっは。そら、僕の性格そのものが出とるんかな。この家を継いだときにはね、こっからウッドデッキを庭に向かってバーッと造ったんよ。庭とつながった家がほしゅうて。まあ、雨にやられて傷んでしもたから、取っ払って低い階段を付けたんやけど」

「……はあ」

どうやら、繁春は実にフレンドリー、かつお喋《しゃべ》りな性格らしい。だが、押しつけがましい多弁ではない。どうやら一生懸命に海里の緊張を解《ほぐ》し、妻が帰って来るまでの繋《つな》ぎを果たそうとしてくれているようだ。

「どうぞどうぞ。何か飲み物用意しようね。あっついコーヒー淹《い》れましょか。それとも、身体が温まったんやったら……」

「あ、できたら、冷たい水かなんかで」

海里が本音半分、遠慮半分でそう言うと、繁春は最初の印象より、明るい表情のおかげでいささか若く見えてきた顔をほころばせて頷《うなず》いた。

「水かなんか、っちゅうことは、緑茶でもええかな。僕がいれると美味《おい》しくなさそうやから、ペットボトルで」

「全然、大丈夫です」

海里が頷くと、繁春は緑茶の大きなペットボトルとグラスを二つ持ってきて、海里にソファーを勧めた。

「さ、座って座って」

「あ、じゃあ。失礼します」

白い革張りの大きなソファー、それも庭を望める特等席だ。恐縮しながら腰を掛け、その柔らかさに微妙にバランスを崩して慌てる海里の前に、繁春はグラスを置いた。

「どうぞ。まずはくつろいで」

「ありがとうございます」

繁春が向かいのソファーにどっかと腰を下ろしたので、海里は大急ぎでマフラーを外し、コートを脱いで、ガサッと丸めるように畳んで傍らに置いた。

変なたとえだが、まるで下着を穿《は》いていないような不安を覚えるのは、今日はロイドが同行していないからだ。

無論、本人は今日もついて来たがったが、やはりプロとしてレッスンを受ける以上、いい大人が「付き添い」つきではあまりにもみっともないと海里は感じた。

それに、今は離れていても、この程度の距離、そしてそこそこの時間なら、ロイドは海里と一緒でなくても人間の姿を保てる。

ならば自分の代わりに夏神のサポートをしてほしいと、海里は不服そうなロイドを説得し、店に置いてきたのである。

（ひとりぼっちじゃ心細いって、子供かよ。しっかりしろ、俺）

自分自身を心の中で叱責《しっせき》して、海里は繁春が重ねて勧めてくれたお茶に口を付けた。

どうやら室温で置いてあったものをそのまま持ってきたらしく、特に冷えてはいないが、そのくらいが冬場は心地よい。

室内は暖かく、ふと見れば、黒々した薪《まき》ストーブの扉の向こうで、炎が揺らめいているのが見えた。

「うわあ、薪ストーブですか。かっこいいなあ」

「かっこいい？」

「だって、中で芋とかピザとか焼ける奴でしょう？　自宅でキャンプみたいに！」

いかにも料理好きらしい海里の言葉に、繁春はあやうくお茶を噴きそうになる。

「芋はやったけど、ピザはないなあ」

「えっ、そうなんですか？」

「中、汚したら掃除が面倒やからねえ。芋はこう、ホイルに包んで入れたらしまいやからええけど」

「あー……現実的だ」

「モデルハウスやったらともかく、生活するっちゅうんはそういうことでしょ」

面白そうにそう言って、繁春は薪ストーブのほうを見た。

「この家は、僕の父親の代から住んどってね。東京暮らしをやめてこっちに帰ってきたとき、親はもっと暮らしやすい駅前のマンションに移るっちゅうことで、譲り受けたんですよ。そんときは暖炉やったんやけど、さすがに維持がねえ」

「暖炉なんてもっと憧《あこが》れますけど、確かに煙突掃除とか、大変そう」

「そうそう。そやけどやっぱり、小さい頃から、僕も家の中心に火があって、そこに家族が集まるっちゅうんが好きでね。そやから折衷案として、暖炉を塞《ふさ》いだその前に、薪ストーブを据えたんですわ。そう言うたら、息子が小さい頃は、冬のおやつは決まって焼き芋やったねえ。冷めるんを待ちきれんと、僕らに剝《む》かして、両手でかぶりついとった。可愛かったなあ」

そう言って目を細める繁春が優しい父親の顔をしていて、海里はふと胸が苦しくなる。

幼い頃に海難事故で死んだ船乗りの父親のことを、海里はまったくといっていいほど覚えていない。母や兄から聞く話や写真から、何となく度量の大きな、穏やかな人というイメージを持っているだけだ。

もし、ずっと生きていてくれたら、今の繁春のような顔で自分の成長を見守っていてくれたのだろうかと、ついそんなことを考えてしまったのだ。

海里の感傷には気付く様子もなく、繁春はストーブを眺めたまま陽気に言った。

「まあ、掻《か》き出した灰は庭に撒《ま》いたり堆肥《たいひ》に混ぜたりできるから、役には立つんやけどね。そうそう、せっかくやから、日が落ちきる前に庭も見てやって」

そう言うと、繁春は立ち上がり、リモコンで室内の灯《あか》りを点《つ》けてから、掃き出し窓に歩み寄る。

「あ、はい」

レッスンに来たはずが、とんだ「お宅訪問」になってしまっているが、これも成り行きだ。海里は素直に席を立ち、繁春の隣に立った。

茂みの間には、何ヵ所かに背の低い庭園灯が設《しつら》えてあり、それらが既に薄暗い庭をほどよく照らしている。

よく手入れされた庭だ。植木は様々な形に刈り込まれ、ウッドブロックを埋めて造った通路が、綺麗《きれい》にカーブを描きながら奥へと続いていく。

「冬やから、殺風景やけどね。春になったら、そこの煉瓦《れんが》で囲った花壇が、チューリップでいっぱいになる。その頃には、桜も何本か咲きようし、ツバキもあちこちで咲くから、我ながらなかなかのもんですわ。今はほら、サザンカが綺麗でしょう」

そう言って繁春が指さすほうには、なるほど、紅白やピンク色のサザンカが何本か植えられ、たくさんの花を付けている。

「凄《すご》く広い庭ですね。あ、そうだ。さっき、もしかして庭仕事をするところだったんじゃ……?」

先刻、繁春が提げていたバケツのことを思い出して海里が訊《たず》ねると、繁春は笑ってかぶりを振った。

「この時期は春支度やから、気がついたときに液肥をちょいと撒くんよ。別に、今日が明日《あした》になってもいっこうかめへんから、気にせんといてください」

「はあ。だったらよかったです」

二人はソファーに戻り、そこでついに会話が途切れてしまう。

まだ、悠子が帰宅する気配はない。

(あー、参ったな)

「まだ、連絡が来おへんねえ。美容院なんよ。ちゃんと予約して行っとるのに、客が立て込んどって、だいぶ待たされたらしいわ。ほんまに申し訳ないねえ。そやけど、毛染めの途中で帰って来るわけにもいかへんしね」

「そりゃそうです」

「そうや言うても、悪いねえ」

繁春もちょっと困り顔で、スマートフォンをチェックし始める。

(なんか、俺からも話題を……)

視線を彷徨《さまよ》わせた海里は、ふと、壁面に並べて三枚掛けられた、額装された賞状があるのに気付いた。

「……あ、あれって」

立ち上がって文面を見ると、いずれの賞状にも繁春の名が記され、どうやら庭園についての賞を受けたものらしい。

「お庭の仕事をやっておられるんですか？」

「あっ、見つかってしもたか。そうそう、僕は庭の図面を引くんが仕事。現場にも顔は出すし、ちょっとはハサミも使うけど、メインはデスクワークやね」

話題が見つかってホッとした様子でそう言うと、繁春は少しだけ白髪交じりの短く刈り込んだ髪を片手ですらりと撫《な》でた。

「うちは、祖父の代から作庭の家でね。僕は跡取りやから、勉強のために東京のガーデンデザイン会社に就職しとって、そこで悠子さんと知り合《お》うたんよ」

意外な出会いのきっかけに、海里は首を傾げる。

「ガーデンデザインの会社で、女優さんと？」

「とあるテーマパークの作庭を担当してる会社やったから、そのテーマパークの裏側を探る番組に出とった悠子さんが、会社にロケに来はってね。案内役が僕やったわけ」

「へえええ！　そんな出会いって、あるんだ。あの」

「何？」

「すいません、下世話ですけど、どうやってそんな擦《かす》る程度の出会いを付き合うところまで持っていったんですか？」

するとと繁春は、照れ顔の前で右手を振った。

「いやいや、そこはノーコメントや。僕も若かったから、綺麗なもんには、庭でも人でも辛抱たまらんかったっちゅうことで」

「ってことは、倉持さんから口説いたんだ？」

「そらまあ、当然でしょう。僕なんか、うんと頑張らんと視界にも入らへんよ。高嶺《たかね》の花は、恥ずかしい思いをしても、自分で摘みに行かんと」

「うわー。それで、結婚しても、うんと年月が経ってお子さんが独立しても、悠子さん呼ばわりなんですね」

微笑ましい夫婦のエピソードを聞いて、海里は明るい声でそう言った。

しかし、軽くからかったつもりが、繁春は急に眉《まゆ》を曇らせ、声のトーンを下げた。

「悠子さん、うちの子が、独立したて言うてました？」

「あ、いえ……ええと、なんて言ってたかな。あ、そう。手を離れたって」

「ああ、なるほど。そうやね、手を離れた、ね」

妙に沈んだ様子の繁春にギクッとして、海里は慌てて謝った。

「あっ、すいません。俺、調子に乗って余計なこと言っちゃいましたね」

「ああ、いや。そうやない。そやないですよ。心配せんといて」

繁春はすぐに海里の懸念を否定したが、依然、表情は晴れない。

「あのう……」

すると繁春は、いきなりすっくとまた立ち上がった。

自分の馴《な》れ馴れしい態度に、やはり気分を害したのではないかと、海里は狼狽《うろた》えたままソファーで固まっている。

するとと繁春は、かつての暖炉のマントルピースに飾られていた写真立てを持って戻ってきた。

「これがね、僕らのひとり息子」

そう言って差し出された写真立てには、パピヨンらしき、大きな耳の先から長い毛束がピョンと出た愛らしい犬を抱いた、テニスウェア姿の青年の写真がある。

言われてみれば、繁春にも悠子にも似たところのある、感じのいい笑顔だ。

「器用なくらい、お二人に半分ずつ似てる感じの方ですね。やっぱり、庭の仕事を？芸能界でも十分やっていけそうなルックスですけど」

「それは悠子さんのDNAのおかげやね」

繁春は微笑むと、写真立てを大事そうに持って、ソファーに座った。

「悠子さんが、子育てに時間を十分とりたいから言うて、仕事をセーブしとったせいか……ああいや、それでも、悠子さんが出るドラマは家族で見よったから、そんなことはないか。でもまあ、芸能界より、作庭の仕事に興味を持ってくれてね」

「じゃあ、今はお父さんみたいに、どこかで勉強を？」

「たぶん、あっちで」

海里がそう訊ねると、繁春は、普通の住宅より少し高めの天井を指さした。

「あっち？」

「空の上」

短く答えた繁春に、海里は絶句する。無言のうちにたどり着いた可能性を肯定するように、繁春は静かに告げた。

「一昨年《おととし》、僕たちの息子は死んだんや。大学を卒業して、僕が元いたガーデンデザインの会社に内定を貰《もら》ってたんやけどね」

「あの……どうして」

戸惑いながらも問いかけた海里に、繁春は力なく首を振った。

「卒業旅行で出掛けたグアムの海で、溺《おぼ》れた。何がきっかけやったんか、詳しい事情はわからずじまい。一緒に行った友達が、息子の姿が見えへんことに気付いたときにはもう、沖のほうへずうっと流されていっとったそうや」

「そう、だったんですか」

「この犬は、息子が可愛がっとったんやけど、やっぱり去年死んでしもてね。いつも賑《にぎ》やかな家やったのに、あっちゅう間に夫婦ふたりの寂しい家になってしもて」

繁春は、海里の顔と写真立ての中の息子の笑顔を交互に見て、ちょっと困った様子で笑った。

「いきなり湿っぽい話を聞かしてしもて、重ね重ね、申し訳ないね。そやけど、特に隠しとることとやないし、これから足繁くレッスンに通ってもらうんやから、最初に知っといてもろたほうがええかと思うて」

海里は姿勢を正し、繁春に頭を下げた。

「こっちこそ、つらいことを言わせてしまって、すいませんでした。けど、知らなかったら、倉持さん……奥さんに不用意なこと言っちゃってたかもしれないんで、教えてもらってよかったです」

「そう言うてもらえると、ホッとします。悠子さんは、寂しさとか悲しさを紛らわすために、仕事を少し増やしてね。『シェ・ストラトス』の仕事をお引き受けしたんも、そのひとつ。こんなん言うたらアレやけど、五十嵐君は息子と歳が近いみたいやから、なんや気に掛かるんやろね」

「……あ……なる、ほど」

微妙な返事を、それが、悠子が海里をパートナーに採用した理由なのだと海里が思ったと解釈したのだろう。繁春は「ああ、違う違う」と慌てた様子で軽く腰を浮かせた。

「違いますよ。悠子さんは仕事とプライベートはちゃんと分ける人やから。五十嵐君はいい役者になれる要素があるて、ハッキリ僕にも言うてましたからね。そやけどやっぱし、息子をきちんと育て上げたみたいに、五十嵐君のことも育ててやりたいと思てるんと違うかなと。僕が勝手に考えとる話」

「……はあ」

海里は、神妙な顔で頷《うなず》いた。

海里とて、悠子が「息子みたいだから」などという理由で、海里をオーディションに合格させるような人物だとは思っていない。

ただ、そんな重い話をいきなり聞かされるとは予想していなかったので、こういうとき、どう振る舞えばいいのか、よくわからなくなっただけだ。

「いや、まあ息子のことは気にせんと。しっかりレッスン受けて、早うステージに立って。そんときは、僕も見にいかしてもらいます」

海里は、まだ少し戸惑いを残しつつも、そこはハッキリと答えた。

「はい、頑張ります。……あ、でも、俺がこうしてお邪魔すると、お二人が、息子さんのことを思い出してつらいとか、そういうことは……ないんですかね」

すると繁春は、亡き息子の写真を眺めながら、寂しそうに微笑んでかぶりを振った。

「いやいや。息子のことを思わん日はないから、君が来ても来んかっても、そら変わりはないよ」

「ああ……そりゃそうですよね。すいません」

「ただまあ、君がこうしてこの家におると、背格好も似てるせいかな、やっぱし息子がここで暮らしとったときの光景を、よりハッキリ思い出す気はする」

「じゃあ……」

「勿論《もちろん》それは、寂しい、悲しい、つらいことや。今もそうやね。そやけども、忘れたいとはこれっぽっちも思わんのよ。それどころか、苦しさを今のまんま、一生抱えていたいと、僕は思うてんねん」

海里は何を言うこともできず、ただ黙って頷きながら、繁春の話を聞く。

「何ちゅうかなあ。心の痛みも苦しみも、あの子が僕らと一緒におった証《あかし》やから。我が子の記憶は捨てられへんし、忘れたくないし、忘れられへんし、どこへもやりたくない。ほな、苦しいまんまで行くしかないんやろなあて、二年かけて思うようになったんですわ」

その、一言一言を嚙《か》みしめるような繁春の声に耳を傾けていた海里の口から、自然と出たのはこんな言葉だった。

「そう言われると、その心の痛み、ちょっと羨《うらや》ましい気がします」

繁春にとって、「羨ましい」というのは意外過ぎる一言だったのだろう。彼は写真立てを膝《ひざ》の上に置き、「なんで？」と驚きの表情で海里を見た。

そんなことを言うつもりはなかったのだが、発してしまった以上は、きちんと説明しなくてはならない。海里は、正直に打ち明けた。

「俺、三歳の時に、父親を海で亡くしてるんです」

「君もかいな」

「俺の父親は船ですけど。だけど俺、そのときには小さすぎて、父親の死を悲しむことはまだできなくて、思い出もほとんどなくて。だから、父親がいないことでつらい思いはしましたけど、父親のことを思い出したり、懐かしんだり、恋しがったり……そういうことで涙を流したことはないんです」

「五十嵐君……。そうか、そら、また別の意味でつらいことやったなあ」

繁春の、同情ではなく労《いたわ》るような言葉の響きが嬉《うれ》しくて、海里は少しだけ口角を上げた。

「だから、父親の思い出話をして一緒に泣ける、母親と兄貴がいつも羨ましかった。これまで言葉にしたことはなかったんですけど、今、倉持さんの話を聞いていて、やっとわかりました。俺、羨ましかったんだな。泣けるほど、思い出や愛情を持ってみたかった、家族と共有したかったんだな……。あ、すいません。俺の話とか、どうでもいいですよね」

「何言うてんの。お互い、他人様《ひとさま》にはどうでもええ、そやけど大事な話を一つずつして、おあいこや」

そう言って、繁春が冗談めかして片目をつぶってみせた直後、玄関扉が開く音がした。

「ただいまー！　ごめんなさい、遅くなりました！」

悠子のよく通る声が、玄関のほうから聞こえてくる。

「五十嵐君、お待ちかねやでー」

立ち上がって大きな声で返事をした繁春は、写真立てをマントルピースの上に素速く戻しに行き、そして海里に耳打ちした。

「悠子さんから話を持ち出すまでは、息子のことは言わんほうがええね。心が乱れたら、ええレッスンはできんやろし」

「……わかりました。あの、でも、話してくださって、ホントにありがとうございます」

「君もな。聞いてくれてありがとうさん」

繁春は、軽く身を屈《かが》めてそう言うと、海里の肩をポンと叩《たた》いた。

きっと亡き息子にもそんな風に接していたのだろうと思うと、海里の胸がチリッと疼《うず》く。

「本当にごめんなさいね。初回から一時間近く遅刻なんて、プロ失格だわ」

そう言いながら、本当に美しくセットされたヘアスタイルで入ってきた悠子に、繁春と海里は、抜群のタイミングで同時に「おかえり」「おかえりなさい」と声をかける。

悠子はその声を聞き、二人の姿を見るなり、小さく息を詰めた。

事情を知ってしまっただけに、一瞬、泣きそうに歪《ゆが》んだ悠子の表情から、彼女が二人の姿に何を見てしまったのか、海里には痛いほどわかる。

だが、すぐに感情をコントロールしたのか、顔を引きしめた悠子は、「早速始めましょうか」と、海里に声を掛ける。

繁春が小さく頷くのを視界の隅っこで確かめ、海里はすくっと立ち上がり、「よろしくお願いします！」と深々と一礼した。

＊　　　　＊

「夏神様、副菜の白和えが、そろそろ少なくなって参りましたが」

「お、そうか？　ほな、ちょっと作り足そか。菊菜二束ほど出して、綺麗《きれい》に洗《あろ》うとってくれるか？　根っこ近くによう土が入り込んどるから、丁寧にな」

「かしこまりました！」

　胸あてつきのエプロンを身につけたロイドは、いそいそと冷蔵庫から菊菜を出してきて、シンクで洗い始める。

　それを見ながら、夏神は低い声で問いかけた。

「大丈夫そうか？　イガと離れて、そろそろ三時間ちょい経つやろ。眼鏡に戻りそうとか、自分でわかるもんなんか？」

　するとロイドは、晴れやかな笑顔で答えた。

「海里様と何度か試してみるうち、だいたいわかるようになって参りました。ですが離れていると申しましても、何となく海里様の気配を感じられる距離ですから、おそらく大丈夫かと」

　それを聞いて、夏神は僅《わず》かに眉《まゆ》を上げた。

「感じられるもんなんか？」

「微《かす》かに、ですが。それに、もしわたしがこの場で眼鏡に戻ったと致しましても、お客様がたはお気付きになりますまい」

「いや、急に目の前でおらんようになったら、なんぼ何でも気付くやろ」

「いなくなったことには気付いても、眼鏡に変じたなどとは、どなたも思われないでしょう。かような姿になれますのは、まことに特別な、選ばれし眼鏡だけでございますからね！」

胸を張るロイドを面白そうに見て、夏神はやれやれというように首を振った。

「それもそうか。いや、そやな。なんや、普通でないことが当たり前になりすぎとんねんな、この店は」

「仰せの通りでございますね」

ロイドは笑いながら、壁の時計を見た。

「おや、もうじき八時。海里様は、まだお戻りになりませんね」

夏神は、さっき来た客のために、大きなアルミ鍋《なべ》からおでん種を取って盛りつけながら言葉を返した。

「レッスンは五時からやったか。まあ、初回やから熱がこもるん違うか？」

「そうかもしれませんね。ですが、ご安心くださいませ！　今日は海里様のお帰りが何時になろうとも、このロイドが二人分、お手伝い致しますよ！」

「そら頼もしいな。せやけど、張り切りすぎて擦り切れんようにな」

「心得てございます。……菊菜、洗い上がりましたよ」

ニッコリ笑って、青々した菊菜を入れたステンレスのざるを調理台に置いたロイドに、夏神は礼を言った。

「おおきに。ほな、おでん頼むわ。こっちのロールキャベツが入っとるほうが女性、すじ二本入りのほうが男性や。からしを忘れんと添えてな」

「かしこまりました！」

ロイドは楕円《だえん》形の大皿の、熱くなりにくい長軸方向の端っこを注意深く持ち、既に小鉢がセットされたトレイの上へと一枚ずつ運ぶ。あとはロイドが茶飯を、夏神が味噌汁《みそしる》を用意すれば、本日の日替わり定食の完成である。

「お待たせ致しました。本日の日替わり、選べるおでん五品定食でございますよ。まずはレディファースト、殿方の分もすぐお持ち致します」

そんな流れるような口上と共に、一人分ずつトレイを運んで丁寧に客に供するロイドの姿に、夏神は頬を緩めた。

「ロマンスグレーの英国紳士におでんを運んでもらえる定食屋は、日本広しといえども、ここだけやんねえ」

そんな女性客の弾んだ声に、夫とおぼしき男性客が、

「それを言うなら世界広しやろ。あ、いや、ロンドンあたりには、今日び、そういう店があるかもしれへんで？　日本食があっちではずいぶん流行《はや》りみたいやから」

と混ぜっ返す。

「ほな、ロンドン連れてって。実地調査せな」

「なんでそうなるねんな！」

賑《にぎ》やかに繰り広げられる軽妙なやり取りに、他の客たちも笑みを浮かべている。

（やっぱし、ロイドかイガがおってくれると、店の雰囲気が明るうなるなあ）

夏神は、つくづくそんな感慨を噛《か》みしめる。

自分とて決して陰気ではないと思う夏神だが、強面《こわもて》だけはどうしようもない。

初めて来店した客が、自分と目が合うなり、「まずい店に来てしまっただろうか」というような怯《おび》えた顔をすることがたまにあるので、そのたび、密《ひそ》かに微妙な傷つき方をしているのである。

せめて少しでもやわらかな雰囲気を出そうと、洋食屋で修業時代は坊主刈りにしていた髪をやや伸ばし、バンダナでお洒落《しゃれ》感を出そうと努力して今のスタイルに落ちついたわけだが、それも海里に言わせれば、「似合うけど、アメリカ映画の元軍人みたいだよな」だそうで、イメージアップ作戦は、実はあまり成功していないのかもしれない。

「いやまあ、見かけちゃう。俺は味で勝負や」

そんな負け惜しみを口の中で呟《つぶや》きつつ、鍋に水を張って火にかけた夏神は、冷蔵庫から木綿豆腐を出してきて、水切りをすべく電子レンジに入れた。

それを待つ間に、リンゴの皮を剝《む》いて小さめのさいの目切りにし、薄い塩水に放つ。

菊菜だけでは作れる白和えの量が少なく、コスト的に問題があるので、リンゴを加えることにより、ボリュームと味わいの両方をアップさせることができるのだ。

豆腐の水切りができたら、冷ましがてら、すり鉢に入れて丁寧に潰《つぶ》す。料亭なら裏ごしするところだろうが、夏神は、そこまで滑らかにしないほうが美味《おい》しいと感じる。

練り胡麻《ごま》と砂糖、それに塩を入れてすり混ぜていると、戻ってきたロイドが、不思議そうに小首を傾げた。

「夏神様のお手を煩わせないよう、本日の主菜は、前もって煮込めるおでんにしましたのに……」

「それが、なんや？」

「なにゆえ、白和えはいちいちそうやって作り足していかれるのです？　どーんとお作りになっておけばよろしいのに」

「今日は、ホンマは小松菜と油揚げの煮浸しにしようと思うとったんや。それやったら、どーんと作って味を染み込ますほうが旨《うま》い。けど、ええ菊菜が入っとったから、菊菜を使いたかったんや」

夏神は、沸騰した湯に菊菜を入れ、長い菜箸《さいばし》でさばきながら説明を続けた。

「煮物と違《ちご》うて、白和えは、ほっとくと水気が出る。そうなったら呆《あき》れるほどまずうなるからな。こまめに作り足さなしゃーない。まあ、ロイドがおってくれるからできることやな」

「なるほど！　納得致しました。わたしがいればこそ、というのも実に恐縮です。で、あれば、是非とも、毒味役の栄誉をわたしに」

ちゃっかりそんなことを言い出すロイドに、夏神はホロリと笑って「ええよ」と言った。

「では、さっそくわたし専用の小皿を……」

いつもはあまり開けない食器棚をガラリと開けたロイドは、「おや」と小さな声を出した。

「どないした？」

振り返った夏神は、ロイドの手に、小皿ではなく一冊の古びた本があるのに気づき、「ああ、それな」と照れ笑いした。

「独立するときに貰《もら》い受けたもんのひとつや。師匠が若い頃、料理の勉強をしようと思うて、古本屋で買い集めた本の一冊やと思う」

「ああ、なるほど。そうでございましたか。古本独特の、なんとも慕わしい香りが致しますなあ」

本に高い鼻を寄せ、ロイドはニッコリする。意外な反応に、夏神は菊菜をざるにあけ、すぐに氷水に入れて冷やしながら、不思議そうな顔になった。

「慕わしいて？」

「前の主《あるじ》は中国史を研究しておられましたから、漢文の古いご本を山のようにお持ちでした。かの御方の書斎は、いつもこのような香りがしておりましたので、どうにも懐かしゅう慕わしゅうございます」

「なるほど。思い出の香りっちゅう奴か。俺にとってのバターの匂いみたいなもんやな。洋食屋の、師匠の匂いや」

「それも素敵でございますねえ……おやおや？」

くんくんとご機嫌で本の匂いを嗅《か》いでいたロイドは、ふと顔を離し、本をしげしげと眺めてから、夏神のほうを向いた。

「夏神様、このご本には……」

「んー？」

ロイドを見ようとした夏神の視線は、さらにその向こうに注がれる。

「夏神様？」

夏神の異変に気づいて、彼の視線の先を確かめるべく振り返ったロイドは、「おやおやおや」と、さっきより「おや」をひとつ増やして、少し驚いた顔をした。

ロイドの背後、つまり店でいちばん奥まった場所にあるカウンター席に、くだんの幽霊老人、橋口がまたしてもさりげなく座っていたのである。

「橋口さん！」

夏神は、うっかりハッキリした声で呼びかけてしまい、慌てて口を閉じる。

店内の客たちは、何ごとかと夏神を見はしたが、やはり、橋口の姿は見えていないらしい。

「ああいや、すんません。ちょー、思い出したことがあったもんで、つい」

夏神が慌てて適当なことを言ってごまかすと、皆、一様に「なんだ」という顔をして食事を再開する。

何か言いたげなロイドをそのままに、夏神は橋口の前に歩み寄った。

前回と同じ服装の橋口は、今日も穏やかな顔つきで夏神を見ている。

「いらっしゃい。こないだは、失礼しました。挨拶《あいさつ》もせんと」

夏神が囁《ささや》き声で挨拶すると、ロイドも、小さな声で橋口に語りかける。

「はじめまして、ロイドと申します」

すると橋口は、物珍しそうに、そして幾分反感のこもった目で、ロイドをジロジロと見た。

『なんや、アメリカ人か？』

「何を仰せですか。どこからどう見ても、英国紳士でございましょう？」

憤懣《ふんまん》やるかたない様子のロイドは、それでも礼儀正しく訂正を試みる。そのユーモラスな口ぶりと表情に、橋口は面白そうに首を傾げた。

『えらいペラペラ喋《しゃべ》る英国紳士やな。ま、英国やったら、かつての日英同盟のよしみや。許したる』

「たいへん大上段に許していただき、感謝の極みでございます」

こちらも皮肉を返しつつ、ロイドは他の客たちが自分と夏神の動きにもはや興味を失っていることを確かめてから、橋口に小声で問いかけた。

「幽霊さんではいらっしゃらないのですね？　何故また、こちらのご本に魂を移されるようなことを？」

橋口がその問いに反応する前に目を剝いたのは、夏神だった。

「何やて？　橋口さんは、幽霊と違うんか？　その本が、どないした？」

「先日、こちらの方についてのお話を伺いました折、通常ならば、よほどの愛着や怨恨《えんこん》のある方でなければ、十年以上などという長い年月、幽霊で居続けることは難しいと申し上げましたでしょう？」

夏神は、瞬《まばた》きで頷《うなず》く。ロイドは淡々と話を続けた。

「こちらの方の魂は、このご本に縁づいて……いや、もはやこのご本と一体化しておられるのです」

「はあ？」

すぐにはロイドの説明が理解できず、夏神は厳《いか》つい顔をしかめる。ロイドはしばらく考えて、シンプルにこう説明した。

「つまり、わたしと逆です。わたしは、眼鏡に魂が宿ったものですが、こちらのお方は、ご自分の魂を、ご本に宿らせたのです」

ロイドの推測が間違っていないというように、橋口はこっくりと頷く。

「そないなことが、できるんか」

「実際になさっておいでですし」

夏神は、まだ信じられないまま橋口の顔を見つめた。橋口は、悪事がバレた子供のような決まり悪そうな顔で、そろりと横を向く。

「ほな、こないだの、ここにおる理由がわからん言うたんは嘘……」

夏神の口から、非難めいた言葉が飛び出しかけたが、彼は文章を完成させることができなかった。

「すいませーん、これ、別料金でおでん追加とかできますかねえ？　出汁《だし》がめっちゃ旨いから、ジャガイモもう一つと、卵！　食べたいんですけど」

テーブル席から、そんな声が飛んできたからだ。

今、客たちからは見えない男相手に口論を繰り広げるのはよろしくない……そう悟った夏神は、視線で「また後で」と橋口に告げると、「鶏ガラで出汁とっとるんで旨いでしょ。同じもんばっかしやなかったら、追加、ええですよ」と、客席に向かって大きな声で答えた……。

『いやー、こないだはホンマにわからんかったんや。なんでここに座っとったんか、なんでこの世に居座っとんのか。けど、気ぃ抜いたら、シュルッとその本に吸い込まれてなあ』

店内から客がいなくなった後、橋口は、自分でも信じられないといった口ぶりでそう説明した。

ロイドは、さもありなんというように、腕組みしてこくこくと頷く。

「おそらく、ご自分でもわからぬままに、ご本に魂を移してしまわれたのでしょうねえ。今際《いまわ》の際に、このご本をお読みに？」

すると橋口は、大袈裟《おおげさ》に手を振った。

『いやいや。そんな本、とっくに手元にあれへんかったからなあ。あったとしても、飯が食われへん死にかけの病人が読まんやろ、そんなもん』

「それもそうでございますね、失礼致しました。ではどうして……」

『思い出した、からかもしれんなあ』

橋口は、ロイドが抱えたくだんの料理本を眺めて、しみじみと言った。

「何を、でございますか？」

『色々や。死ぬ前は走馬燈《そうまとう》のようにこれまでの記憶が～て、よう言うやろ。あれホンマやで、ええと』

「わたし、ロイドと申します」

『ロイドさん。あんたも、そのうちご臨終やろから、覚えときや』

ロイドを人間だと思い込んでいるらしき橋口は、そんな軽口を叩《たた》いてハハハと笑う。

いかにも心外そうなロイドを横目で制して、夏神は橋口に訊《たず》ねた。

「いや、うちのロイドはこれでしぶといんで、まだまだ行けますわ。それより、その走馬燈の中に、この……『四季・家庭栄養料理大全集』のことが入っとったわけですか？」

『まあ、そういうことになりようかなあ。……なんや、大の男がこないなことをよそさんに言うんは恥ずかしいんやけど。兄ちゃん、こないだ、アレ、見たやろ』

「アレ？」

すぐにはピンと来ない夏神に、橋口はちょっと苛《いら》ついた様子で腕組みを解き、両手の親指と人差し指を合わせて丸い形を作ってみせた。

『ほれ、こないだんとき、兄ちゃんが見つけよったやろ。その本のページの中に』

「ああ！」

夏神はポンと手を打つ。ロイドはビックリした顔で「な、なんでございます？」と二人の男の顔を交互に見た。

そんなロイドの手から、夏神は本を奪い取り、忙《せわ》しくページをめくった。

「確か、真ん中よりちょい手前に……ああ、あった！」

二四〇ページに目当てのものを見つけた夏神は、それを橋口に示した。橋口は、手を打って『それや！』と嬉《うれ》しそうな顔をする。

今でいうハードカバーの小説本より一回り小さなサイズのページほぼいっぱいに広がる、ピンク色の今なお美しい押し花。花びらはまるでグラシン紙のように薄く、下の文字が容易に読み取れる。

「芙蓉《ふよう》、って言うてはりましたか。花の名前をよう知ってはると思いましたけど、もしかして、この押し花は」

『お袋が、作りよったもんや。戦争が終わっても、俺の親父はシベリアに抑留されて、なかなか帰ってこられんかってな。お袋が一生懸命働いて、俺を育ててくれたんや。贅《ぜい》沢《たく》どころか、毎日食うだけで精いっぱいっちゅう生活しか、俺は長らく知らんかった』

橋口は懐かしそうにそう言って、芙蓉の花をしみじみと見た。

『その頃住んどった小さい借家の庭に、立派な芙蓉の木ぃがあって、夏になると毎年桃色の綺麗《きれい》な花をたくさん咲かしよった。そら見事なもんやったで』

「ではこの芙蓉は、ご母堂が？　見事に花びらを開いたまま、押し花になさっておいでですな」

ロイドが賞賛の声を上げると、橋口は得意げに頷いた。

『そやろ。芙蓉はな、朝に開いて、夕方にはしぼんでしまうんや。花の命は、たったの半日、そやけど押し花にしたら一生やで、て言うて、お袋が見せてくれたんが、この本に挟んだ芙蓉の押し花やった。親父が出征する朝、お前にやるもんが何もないから言うて、庭の芙蓉の花を摘んでお袋に渡したそうや。それを、後生大事に押し花にして、よう見る料理の本に挟んで、親父のことを思い出しとったんやろ』

「それを、こないだ俺が押し花を見つけたとき、思い出しはったんですか。そう言うたら、なんや微妙な顔してはりましたね、一瞬」

夏神の鋭い指摘に、橋口は決まり悪そうに視線を逸《そ》らす。

『それはまあ……そういうこっちゃ。堪忍や』

「いや、俺は別に責めてるわけやないんですけど」

『責めてもええよ。俺、つい八つ当たりしてしもたからなあ』

「八つ当たり？」

夏神は、心当たりのない告白に、ギョロ目をパチパチさせる。橋口は、撫《な》で肩をギュッと狭めて、今は誰もいない店内を見回した。

『なんや、その押し花で戦後のしんどいときを思い出したら、向かっ腹が立ってなぁ。でっかいハンバーグやら山盛りの白い飯やらを当たり前みたいに気楽に作って食うて、そんな奴が、お袋が金も食材もない中、代用食やら節米料理やらのページを一生懸命線って献立を考えとったその本を見て、ここからなんぞ作りましょか、てなんやねんて。お前に何がわかるねんて』

「あ……」

夏神の顔から、すっと血の気が引いていく。

あの夜、それまで機嫌よくしていた橋口は、押し花を見せた直後、辛辣《しんらつ》な言葉を急に発し始めた。

「俺がこの本を見て料理を作っても、橋口さんが食いたい当時の味にはなれへんて……

厚みが違うて言いはったんは、そういうことやったんですか」

口調があくまで柔らかだったので、八つ当たりされたとは少しも思わなかったが、思い返せば、『俺の経験や、母親のこと、当時の生活の色んなことが、記憶の味には乗っかっとるんや。それが、思い出の料理の味や』というあの夜の橋口の言葉には、戦中戦後の苦労を知りもしないで何を言うか、という憤りが漲《みなぎ》っていたに違いない。

「もっとガツンと怒ってくれはったらよかったのに」

項垂《うなだ》れる夏神が、つい発してしまったそんな言葉に、橋口はかえって申し訳なさそうに、ますます身体を小さくした。

『いやいや。俺、商売やっとったからな。怒るん下手なんや。それに、あれはほんまに八つ当たりや。堪忍やで、兄ちゃん。戦争の苦労なんか、後から生まれた奴が知っとるわけないんや。当たり前や。一生、知らんでええんや。戦争なんか、もうずうううっとないほうがええ』

「橋口さん……」

『旨《うま》いもん食って、酒飲んで、楽しゅう暮らしたらええ。俺かて、大人になってからはそうやったんや。死ぬ寸前まで、戦後のしんどい時代、お袋の苦労、別人みたいに老け込んで帰ってきた親父……全部忘れとった。他人様《ひとさま》に偉そうなことを言う筋合いやないねん。けどなあ、兄ちゃん』

呼びかけられて、夏神はゆっくり顔を上げ、橋口と目を合わせる。

『その本、もうちょっとめくってみ』

「えっ？　あ、はあ」

夏神は、言われたとおりにしてみた。すると今度は、四六四ページに、また別の花が挟まっていた。

こちらは全体的に茶色くなっており、細い茎の先に、細い花弁がたくさん集まった花が、やはり見事にぺちゃんこになって挟まっている。

ロイドがそれを注意深く指先で挟んで取り上げ、示すと、橋口は手を叩いて皺《しわ》だらけの顔をほころばせた。

ただ、手を叩く音がひたとも聞こえないことで、彼がもはや身体を持たない存在だと、夏神とロイドに気付かせる。

『それやそれや。それは、俺が学校帰りに摘んでお袋にやった、ヒナギクなんや。上手に押し花にして、俺が好きな弁当のおかずのページに挟んでくれた。なあ、「はんぺんと菠薐草《ほうれんそう》」のページやろ』

本に視線を落とした夏神は、「ほんまや」と驚きの声を上げた。

素速く目を通すと、それはどうやら、切り分けたはんぺんを甘辛いタレをつけて焼いたものに、ほうれんそうの胡麻《ごま》あえを取り合わせて弁当に詰めると栄養バランスがよい、という献立であるようだ。

『そんなことを死ぬ直前に思い出してしもたから、心が、遠くにあるその本にしゅうっと吸い込まれたんやろな』

「そんなことが……あるんやろか」

放心したように、夏神は呟《つぶや》いた。ロイドはニコニコして、押し花を大事そうに元のページにそっと置く。

「人間は、時に不思議な力を発揮する生き物でございますよ。わたしどもは、それを幾度となく見てきたではありませんか、夏神様」

「それもそうやな。……俺が久しぶりにこの本を開いたもんやから、ここで寝とった橋口さんを起こしてしもたんか」

「おそらく。けれど、よい機会でございましたよ。いつか、この本が燃やされてもすれば、橋口様の魂も一緒に燃やされ……」

『おいおい。火あぶりは堪忍やなあ。いや、俺の身体も茶毘《だび》に付されたんやろけど、死んだ後のことは知らんからな。こないな姿になってから改めて火あぶりは……いやあ、そら殺生や』

他人が聞いたら笑ってしまいそうなことを、橋口は真顔で嘆く。

ロイドもまた、真剣な面持ちで夏神に言った。

「おそらく、橋口様のお心は、お母様の懐かしい思い出に強く引かれ、このご本に固く結びついてしまわれたのです。それを解き放つには……」

「思い出の味、か？　せやけど俺、こないだ橋口さんに言われてしもたからな。当時の苦労や生活や、橋口さんの思い出のことをなーんも知らんで作った料理なんぞ、ペラペラやて」

『いや兄ちゃん、それは八つ当たり……』

「八つ当たりでも、ほんまのことですわ。そやけど確かに、いつまでもこの本の中に橋口さんが居残りはるんは、ええことはないんやろな」

「ございませんね。目覚めてしまった魂は、少しずつ綻《ほころ》びてゆくもの。徐々に自分でなくなる苦しみを味わうよりは、一発でこう、潔く！　気持ちよく！」

『おいおい爺《じい》さん。他人事や思うて、そない気軽に』

「ロイドでございます！　まことのことでございますから。それとも、さようなことになっても、この世に留《とど》まりたいとお思いですか？」

　橋口は、口をへの字に曲げ、少し肉のたるんだ頬にたくさんシワを寄せながら考え込み、そして肩をそびやかした。

『特にこの身体でやれることもあれへんし、身内との別れは葬式で済ましたんやし、そら俺かて、ぱあっと成仏できたらそれに越したことはあれへんけど』

「でしたら！」

「そやから！」

　短い言葉の応酬の後、ロイドは呆《あき》れ顔で両手を腰に当て、いつも柔和な表情の彼には珍しく、夏神を軽く睨《にら》んだ。

「お忘れですか、夏神様。橋口様のお話をなさったとき、海里様が仰せになったことを」

「イガが？　何か言うとったかな、あいつ」

「役作りの話でございますよ」

「ああ！」

夏神は本をカウンターの上に置き、ポンと手を打った。

橋口と出会った翌日、彼の言葉を自分でも意外なほど引きずっていた夏神は、海里に「様子がおかしい」と心配され、橋口とのやりとりを語ってきかせたのだった。

それをじっと聞いていた海里は、じつにあっさりと「そりゃ、勉強と取材っきゃないでしょ」と言った。

「勉強と取材？　つまり、戦中戦後のことを勉強せえてか」

訝《いぶか》る夏神に、海里はさも当然と言わんばかりに頷《うなず》いた。

「俺、役者の仕事貰《もら》ったときは、いつもそうして役作りしてたよ？　だって、それしかないっしょ。下調べして、あとは経験者に話を聞きに行く。スポーツだったら選手だし、商売だったらお店の人だし……戦争だったら、当時生きてた人に聞きゃいいじゃん。経験は人それぞれ違うんだから、その橋口さんっていう幽霊さんにインタビューすればいいじゃん？」

常識を語る口調でそう言う海里を、夏神は渋い顔で見返した。

「せやけど、聞きかじっただけで、ペラペラやない当時の味が作れるわけがないやろ。演技かて、そうやないんか？」

「そりゃ実際に経験できるならやって、少しでも演技にリアリティを出そうとするけど、どうしたって無理なこともあるっしょ。戦争なんて、その最たるもんじゃね？」

「それは、まあ、そうやな」

「だったら、想像するしかない。話を聞いて、心にいちばんズシーンと刺さったもんを錨《いかり》にして、そこから芝居を広げていくしかないっていうか……そんな感じ？　俺みたいな大根役者が言っても、全然説得力ないけどさあ」

年上の夏神相手に説教めいたことを言ってしまった帳尻合《ちょうじりあ》わせのつもりか、軽い自虐で話を締め括《くく》った海里は、まだ納得がいかない表情の夏神を見て、へへっと照れ笑いでこう付け加えた。

「俺はさ、ペラペラでも、下手クソでも、真剣に相手に向き合ってれば、伝わるもんは一つくらいあると思うし、そう信じたいよ。ミュージカルやってた頃、ずっとそんな感じだったから」

今、海里の言葉を思い出して改めて噛《か》みしめ、夏神は橋口に真っ直ぐ向かい合った。

「俺に、作らしてもらえませんか。お母さんとの、思い出の味」

すると橋口は、途端に困り顔になった。

『いや兄ちゃん、こないだの八つ当たりで言うてしもたことは、まったくの嘘ではのうてやな』

「わかってます。俺には、当時の味、橋口さんの思い出の味をそのまんま再現することはできへん。せやけど、お話を聞くことで、ちょっとでもそれに近づけられたらて思うてます。食うて、納得いくかいかへんか、そらわかりませんけど、いっぺん試してもらえませんか。お願いします」

夏神は、不格好なほど深く、頭を下げる。

『そらありがたい話やけど、兄ちゃん、赤の他人のために、そこまで頭下げて言わんとあかん筋合いはあれへんで？』

困惑気味の橋口の声音からは、「どうせ無理なんだから、無駄なことはしないほうがいい」という本音がハッキリ伝わってくる。

それでも夏神は、頑固に言い張った。

「袖《そで》振り合うも多生の縁て言いますでしょう。俺の師匠から譲られた本に、橋口さんはいてはったんです。言うなれば、師匠からの宿題みたいなもんですわ」

『宿題か。そら、やらんなんな』

「やらんなん、です」

宿題という言葉に、子供時代の苦行という共通項を見出《みいだ》して、橋口と夏神は、初めて心が通じ合った笑みを交わす。

「ほな、聞かして貰えますか。橋口さんの心にいちばん深《ふこ》う残っとる、お母さんの思い出の味のことを」

　ようやく本気で考える気になったらしい。橋口は再び腕組みして目を閉じ、しばらく考え込んでいたが、やがて目を開けた。

『そやなあ。お袋が作ってくれた料理はだいたい醬油で茶色うて、甘じょっぱくしてあってな。少ないおかずでメシが食えるようにしてあった。そんな中で、茶色は茶色やけど、まあ、この世のものとは思えんくらい旨《うま》いもんを作ってくれたことが、俺が四、五歳の頃、いっぺんだけあったなあ……』

　そんな風に始まった、橋口少年の幼い日の「とびきり美味《おい》しい話」に、夏神とロイドは次第に引き込まれていった……。

五章　一歩ずつ、前へ

微《かす》かに軋《きし》む門扉を閉めて歩き出したところで、背後から聞こえてきた声に、海里は振り返った。

「待って、バス道まで送るわ」

そう言って玄関先の階段を駆け下りてきたのは、トレーニングウェアの上から帰宅したときに着ていたロングコートを羽織るという、何ともチグハグな服装の悠子だった。

海里は慌てて両手を前に突き出し、彼女を家に帰そうとする。

「いや、大丈夫ですって！　女の人に送ってもらったりしたら、帰りが心配じゃないですか」

「たかだか十メートルよ、大丈夫」

「たかだか十メートルなら、俺だって大丈夫ですってば」

「だって五十嵐君、膝《ひざ》が笑ってたもの。心配で」

そう言いながら、悠子は海里の制止など気にも留《と》めず、門扉の外に出てきてしまう。

「ああ……じゃ、今日だけ」

さっきまで三時間余り続いていたレッスンを通して、悠子の意志の強さは嫌というほど知る羽目になった海里である。諦《あきら》めは早い。

外灯が少ないので暗い道を並んで歩きながら、海里は冗談めかして言った。

「まさか、朗読のレッスンを受けに来て、一行も読まずに帰るとは思わなかったです」

悠子もしれっと笑って言い返す。

「何を言ってるの。まずは、朗読をする資格を得て貰わないと。姿勢がちゃんとしてないと、声もちゃんと出ません。正しい姿勢は、正しい筋肉からよ」

その言葉どおり、広い邸宅の中にある、前後二面が鏡張りのレッスン室で、途中からは繁春まで加わり、彼らはみっちりと、エクササイズに励んだ。

結果、海里は老人のように膝が笑ってしまい、同じメニューを平然とこなした悠子に笑われたばかりなのである。

「ストレッチはまあわかりますけど、ボクササイズに筋トレに、ピアノを使ったボイトレまでやるとは……おかしいな。ミュージカルをやってた頃は、あれ以上のことを楽々こなしてたはずなのに、今日はボロボロですよ、俺」

「すっかり鈍ってたのね」

悠子はザクリと指摘して、それでも海里を労《ねぎら》った。

「でも、ちゃんと最後までやれたってことは、地力はあるってこと。今日は帰ったら、ちゃんとアイシングしてね。あと、筋肉痛が取れた頃に、次のレッスンを入れましょう。

体調を見て、また連絡して。発声練習は、ご自宅でもやってね」

朗読の先生というよりは、スポーツジムのパーソナルトレーナーのような指示に、海里は素直に頷く。

「そっか、今は筋肉痛があるときにエクササイズを重ねるのはよくないってことになったんでしたっけ」

「そう。昔は根性論で、筋肉痛は筋トレで治る、なんて言ってたけど。指導なんて、その時々で変わるいい加減なものよ。だからちゃんと身体の声を聞いて労って、筋肉痛が出ている間は、組織の治癒に励んでちょうだい。いい蛋白質《たんぱくしつ》も摂《と》ってね。定食屋さんだから言うまでもないでしょうけど」

「了解っす」

小さく敬礼してみせた海里に、悠子は真顔で「ドキッとした」と呟《つぶや》いた。

「えっ？」

思わずギョッとする海里に、悠子は慌てて否定の言葉を口にした。

「ああ、そういう意味じゃないのよ。ほら、うち、向かいが小学校でしょう。うちの子、登校時間が最短でね。お友達に凄《すご》く羨《うらや》ましがられてた。わたしが出た戦争映画を観たせいで、一時、登校するとき、お玄関で『いってまいります！』って海軍式の敬礼をするのがブームでね。それを思い出しちゃったの」

「……あ……えと、その」

知らぬことといえしくじったと、海里は焦ってアワアワする。

悠子はそんな海里に、チラと笑みを含んだ流し目を向けた。

「役者なのに、感情を隠すのが下手ねえ」

「えっ？」

「帰ってきたときの、二人の顔を見ればわかるわよ。繁春さん、うちの子のこと、話しちゃったんでしょう？」

「あ……すいません。でもそれは、俺が」

海里が頭を下げると、悠子は淡く笑ってかぶりを振った。

「五十嵐君が謝ることじゃないわ。うちの人に腹を立てたりもしてない。きっと、わたしのことを思いやってくれたんでしょうから」

「そうです。俺が余計なこと言わないようにって。なのに、代わりに余計なことしちゃったですけど」

「いいんだってば。こっちこそごめんなさい、いきなりそんな話を聞かされたら、困っちゃうわよね」

そう言ってから、悠子はバス道までもう少しというところで足を止め、静かにこう言った。

「確かに、あなたを見ていると、息子のことを思い出す。自然にそうなってしまうんだから、わたしにはどうしようもないわ。それでも、わかってほしい。あなたに息子を重ねているわけじゃないのよ。あの子とあなたは、全然違う」

海里は、二歩進んだところで、ゆっくり振り返る。

悠子は、ハッキリとそう言って、海里を見た。その瞳《ひとみ》には、悲しみと慈しみがない交ぜになって満ちている。

「だけど、息子と同年代のあなたは、息子が生きることができなかった今を生きている」

「……はい」

「その『今』を、息子ができなかった分も、豊かに、実り多く生きてほしいと思っているし、そのためにわたしがしてあげられることを全部してあげたい。……それは、わたしの勝手な気持ちで期待なんだけど、やっぱりプレッシャーかしら」

「そんなこと、ないです」

「本当に？　そんな重すぎるパートナーは嫌だってことなら、今のうちにハッキリ言ってくれたほうがいいのよ？」

念を押されて、海里は一歩、悠子のほうへ戻った。そして、彼女と真正面から相対する。

「俺、倉持さんの息子さんに比べたら、全然出来が悪いだろうと思うし、比べてガッカリされることもこの先いっぱいあるんじゃないかって、正直、不安です」

「そんなこと」

悠子に皆まで言わせず、海里はそのまま話し続けた。

「でも……なんて言えばいいのかわかんないですけど、生きられなかった息子さんがいて、今、ここに生きていられる俺がいて。息子さんが生きてる間は全然関係のなかった俺たちですけど、倉持さんを挟んで、今日、つながった気がするんです」

海里は自分の気持ちを実直に言葉に変えながら、小さな笑みを浮かべた。

「だから、息子さんが亡くなったときから倉持さんが預かってたバトンを、今日、俺が受け取ったのかなって。受け取ったからには、全力で走らなきゃなって、そう思ってます。その……走行ルートは、息子さんと全然違うとこなわけですけど」

バトン、という言葉を口の中で何度か繰り返し、悠子は「いい言葉」と微笑んだ。

「いいのよ。バトンを受け取ってくれただけで、わたしたちはとても嬉《うれ》しい。あなたは、あなたが走りたいほうへ走ればいい。わたしは途中まで伴走させてもらいたいだけ。それに、いつも全力でなくていい。時には休んで、時には寄り道して、景色を眺めたりなんかして。時には苦しみがあったとしても、基本的には目いっぱい楽しみながら走ってほしい」

「楽しみながら……。でも、それだとゴールへ行き着けないかもしれないですよ。俺、要領いいほうじゃないし。それこそ、何もかも中途半端で人生終わるかも」

海里は、元所属事務所社長、大倉美和との昨日の会話を思い出し、苦い気持ちで、ずっと抱えてきた不安を打ち明ける。

てっきり叱られるかと思ったが、悠子はふふっと笑って、星空を見上げた。

「中途半端の、何が悪いの？」

「えっ？」

海里はビックリして悠子の美しい横顔を見る。さっきまでの厳しいレッスンは、自分を再び、役者というゴール地点へ最短距離で導くためのものではなかったのか、という疑問を口にしそうになる海里より先に、悠子はこう言った。

「そんなことを言ったら、志半ばで力尽きた人たちは、みんな中途半端ってことになっちゃう。そんな失礼な話はないでしょう。そもそも、ゴールのある夢なんて、あるのかしら。十分やった、これ以上のものは得られない。死ぬ前にそんなことを言える人が、どれだけいるのかしら」

まるで自問するように言葉を重ねてから、悠子は海里に視線を戻し、静かに告げた。

「わたしの息子は、夢に向かって歩き出す直前に命を落としたわ。中途半端にすらなれなかった。だけど、わたしは息子の人生が無意味なものだったなんて、絶対に思わない」

「俺だって、そんなことは思いません」

「わたしだって、大好きだったお芝居の仕事を、家庭のためにセーブした。やれたはずの仕事を失って、もっと伸ばせたはずの役者としての能力を伸ばさず、大事に大事に育てた息子には先立たれた。他人が見れば、中途半端で無駄の多い、可哀想な人生なんでしょう。でも、わたしはそうは思わない。わたしは今、ここにいる。振り返って後悔する選択がいくつもあったとしても、すべてを自分で選んでここに立つ自分を、誇りに思うわ」

静かに、しかし熱の籠《こ》もった声でそう言って、悠子は海里の背中に優しく触れた。

「世間の評価も他人の評価も、絶対ではないのよ。脆《もろ》く、簡単に移ろうものなの。だから、そんなものより、自分を信じなさい。何をしたって、後悔はつきまとう。でも、今、やりたいと思うことを、全部やりなさい」

とんとんとあやすように海里の背中を叩《たた》く悠子の手の温もりが、コート越しに身体じゅうに染み渡ってくるような気がして、海里は不覚にもじんわり涙ぐんでしまう。

表通りの外灯の光に、悠子の目も不自然なほどに煌《きら》めいてみえる。彼女の目にもまた、涙が湛《たた》えられているのかもしれない。

「道に迷うこと、行き先を変えること、新しいものに手を伸ばすことを、恐れない強さを持ちなさい。自分の決断を、絶対に人のせいにしてはダメ。いいわね？」

優しく、しかし厳しく問われて、海里は「はい」と答えた。これ以上ないほど短い返答だが、その声には、確かに悠子の熱が移っている。

「気をつけて。お店の皆さんによろしくね。長時間お借りしてしまってごめんなさいとお伝えして」

「大丈夫です。あ、そうだ。カレー、ご馳走様《ちそうさま》でした。美味《おい》しかったです」

海里が、レッスン後にご馳走になった夕食のお礼を言うと、悠子は酷《ひど》くはにかんだ笑みを浮かべた。

「手料理なら良かったのに、こんなときに限って、レトルトしかないなんてね。主婦の腕前は、またいつか見せるわ。じゃ、また」

再会を約する短い言葉を、悠子が丁寧に、祈りを込めて発したことが、今の海里にはハッキリ感じられる。

「はい、また」

自分も同じだけの強さでそれに答え、海里は悠子に軽く頭を下げて歩き出した。

県道の狭い歩道を下りながら、器用にスマートフォンを操作して、夏神に「今から帰る」という報告を入れる。

下り坂で脚を踏ん張るたびに、筋トレで疲れた太股《ふともも》とふくらはぎの筋肉が悲鳴を上げたが、久々に身体をいじめ抜いた結果だと思うと、妙に清々《すがすが》しい。

「よーし、筋肉痛が去ったら、芦屋川を早朝ランニングすっか」

そう呟《つぶや》いて、海里はヨロヨロした足取りで、しかし心は元気よく、「ばんめし屋」へと戻っていった。

*　　*

翌朝、六時過ぎ。「ばんめし屋」はとうにのれんを下ろし、夏神、海里、そしてロイドは、店の片付けをしていた。

「あー、おでん種、微妙な残り方だなあ。俺が狙ってた奴、ない」

大きなアルミ鍋《なべ》の蓋《ふた》を開けて嘆く海里に、残った食材を冷凍保存できる形態に調理していた夏神は、茹《ゆ》でた菊菜を刻む手を止め、鍋の中を覗《のぞ》いた。

「よう出てしもたからなあ。何を狙っとったんや？」

「ええと、まずは餅巾着《もちきんちゃく》でしょ、あと、ロールキャベツ、大根、こんにゃく、しんじょう、卵、ジャガイモ……」

「ようけ狙いすぎやろ。っちゅうか、どれも人気の種や。そら残らんわ」

「デスヨネー。だって、夏神さんのおでん、出汁《だし》が超旨《うま》いんだもん。俺だって楽しみにしてたんだよ。あれ、ごぼ天、けっこう残ってんな。旨いのに不人気？」

「みたいやなあ。若い連中は、存在を知らんのかもしれん。年寄りには逆に、ごぼうが嚙《か》めんて言われるし」

「あー……。それは可哀想。俺、ごぼ天も好きだから食うよ」

「はいっ、わたしも！　年を経た眼鏡ではございますが、歯は幸い、丈夫でございます！」

客席の掃除をしていたロイドが、布巾《ふきん》を持ったまま高々と挙手する。

「眼鏡の歯ぁて……」

思わず呟きつつ、夏神は、ひとつ溜《た》め息《いき》をついた。

「はあ……つい勢い込んで、明後日《あさって》、いやもう明日《あした》か。日曜の夜に来てくれ言うてもうたけど、なんで一週間くらい余裕を貰《もら》わんかったんやろう。アホか俺は」

落ち込みまくった発言に、海里はビックリして鍋の蓋を閉め、夏神に近づく。

「どしたの？　あっ、なんか帰ってからバタバタしてて途中までしか話聞けてないけど、あの、橋口さんのこと？　幽霊じゃなくて、死んだあと、魂が本の中で寝てたとかいう呑気《のんき》な人だろ。結局、思い出の料理、夏神さんが作らせてもらえることになったんだよね？」

「そうや。橋口さん、本の中にいてはんのやから、本の前で貶《けな》すなや」

海里のあけすけな言い様を、夏神はやはり沈んだ声でボソリと窘《たしな》める。

「別に貶してないし。てか、よかったじゃん。なんで、作る前からそんな凹《へこ》んでんの？」

「それがなあ」

夏神は包丁を置き、片手を調理台について大きな身体を支えながら、海里のほうを向いた。ロイドがすかさずカウンターに近づき、話を先取りしてしまう。

「それがお聞き下さいよ、海里様。思い出の料理と橋口様が仰《おつしや》るので、てっきり橋口様のご母堂愛用のかの名著、『四季・家庭栄養料理大全集』に掲載されているお惣菜《そうざい》だとばかり思っておりましたところ」

「名著かどうかは知らんけど、とにかく、そこに載ってへん料理を、いちばん心にのこっとるお袋さんの味やて挙げはったんや」

ロイドの講談師のように節回しをしたお喋《しゃべ》りをざっくり遮り、夏神は浮かない顔でそう言った。

もう少し気持ちよく喋りたかったロイドは膨れっ面をしたが、海里はそれに構わず、夏神に訊《たず》ねた。

「で、それは何だったんだよ？」

「菓子や」

「お菓子⁉　あれっ？　あのさあ、俺、いっぺんだけ第二次世界大戦の戦艦ものの映画で、モブに毛が生えたくらいの船員役を貰ったことがあるんだけどさ」

「……おう？」

「戦艦で出されるお菓子をこっそり取っといて、実家に戻れたとき、幼い弟や妹にあげるんだけど、半分くらい黴《か》びちゃっててガッカリ、みたいな芝居やったことあるよ。そんくらい、甘いものが貴重な時代だったと思うんだけど」

「戦後も、やっぱししばらくは砂糖が手に入りにくかったらしいな。そんな中、橋口さんとこで飼《こ》うてるニワトリが久々に卵を三個産んだそうや。それをできるだけ腹いっぱいになるように、美味しゅう食えるように料理しようて考えたお袋さんが、それでカステラを焼いてくれたって言うんや」

「カステラ！」

海里は思わず甲高い声を上げてしまう。

ロイドはカウンターに頬杖《ほおづえ》を突き、うっとりした表情になる。

「ロマンチックでございますよねえ。三個の卵、かき集めてきた砂糖とちょっぴりの小麦粉で、大きな大きなカステラを焼いてくださったんだそうですよ。想像しただけで、夢が溢《あふ》れます」

「橋口さんも、ヨダレが垂れそうな顔で思い出してはった」

お菓子というのは、海里にとっても想定外の「料理」だったのだろう、彼は頭に片手を当てて、「えええー？」と力ない声を出した。

「待って、戦後すぐのカステラって何でどうやって焼いたの？　つか、カステラっていうより、ケーキっぽいよね。一般家庭に、オーブンってあったっけ。まだないよな」

夏神は頷《うなず》き、両手で、それこそ大きめのデコレーションケーキを入れる箱くらいの四角形を、虚空に描いてみせた。

「こう、昔は天火オーブン言うてな、底に穴のあるオーブントースターみたいなもんをガスコンロの上に据えて、その中でケーキやらパイやらを焼きよったんやけど」

海里は、「ハァ？」と、しょっぱいものを食べたような顔つきになる。

「何それ。超原始的なんですけど。つか、カステラも、それで焼いたっぽい？」

「いや、話を聞いたら、七輪の上にジュラルミンのパン焼き鍋を置いて、そこでリング状のカステラを焼いてくれたっちゅうねんな」

「ジュラルミン？　パン焼き鍋？　カステラがリング状？　何だそりゃ」

盛んに首を捻《ひね》る海里に、ロイドはしたり顔で説明する。

「現代っ子の海里様はご存じないでしょうが、ジュラルミンと言うのは、アルミニウム合金のひとつでございます。決して長持ちはしない素材でございますが、戦後、飛行機用にとっておいた資材が流用され、広く使われたのです」

「……さすが長生き眼鏡！　よくご存じじゃねえの」

「受け売りでございますよ。わたしの前の主《あるじ》が、懐かしげに思い出しておいででした。パン焼き鍋と申しますのは、鍋の中央にこう、煙突のような穴がございまして、熱の通りがよろしいのだそうです」

「へえ。そんなのでパン焼いてたんだ。つか、その鍋で、カステラ、もといケーキを」

「せや。カステラはどうにも厳しいやろから、やっぱし実質ケーキやろな。しかも、バターも牛乳もあれへんかったて断言しはるんや」

力なく首を振る夏神に、海里は指折り、使える材料を列挙してみる。

「つまり、卵三個、砂糖、小麦粉……や、そんだけだと無理だろ。塩はいいんだよな？　油は？」

「いわゆる食用油ならあったやろ。塩も」

「ベーキングパウダーは？」

「重曹はあったけど、使《つこ》うてへんて言うてた」

「はちみつ……なんか当然ないか」

「あれへんやろ」

「じゃあ、なし。あとは、牛乳がなければ水か。んー、カステラは致命的に無理だと思うんだけど、ケーキでいいなら、たぶん行けんじゃね？」

意外な海里の言葉に、夏神は思わず距離を詰める。

「ほんまか？　俺は、洋食屋のデザートならいくつか作れるけど、たまにオーダーが入るバースデーケーキは、大事な人生の節目やからって、いつも師匠の領分やったからなあ」

海里は、ちょっと得意げにこう言った。

「夏神さんは、クラシックな洋食屋さんで修業したから、レシピも本格的だもんな。たぶんこういうの、俺のほうが強い。テレビの料理コーナー、簡単なお菓子もけっこうあったから。ちょっと待って……ほら、このへん」

海里はスマートフォンでレシピを検索して、夏神に見せる。夏神のグンニャリしていた顔に、みるみる生気が戻ってきた。

「なるほど！　その手があったか」

いつもの張りのある声を出した夏神に、海里は笑顔で頷いた。

「ここしばらく、バター不使用ってお菓子、食感が軽やかで流行《はや》りだからね。俺もいくつかテレビの仕事で教わった。まあ、バターたっぷり、死ぬほどリッチなカロリー爆弾って奴も流行りだけど」

「両極端でございますなあ。して、それだけの材料でケーキを作る手段が？　まあるくて、茶色くこんがり焼けたケーキでございますよ？　幼い日の橋口様は、焼きたてを手でちぎって、ふわふわした雲のようなケーキを夢中で頬張ったと仰せでした」

ロイドの補足を聞いて、海里はますます笑みを深くする。

「それじゃ、ますます方向性は合ってると思うよ。けど、問題は鍋《なべ》だな。そんな鍋、うちにはないよね？」

夏神は、力なく頷いた。

「あれへんな。それに、七輪の上に鍋置いて、直火でケーキ焼くっちゅうんは……まだ素人の頃、似たようなことをいっぺんやったことがあるだけや」

「いっぺんあるのがすげえな。どこで？」

「山や」

夏神は努めて平静に、短く答えた。海里は、あっという顔つきで口を噤《つぐ》む。

かつて夏神が、冬山で遭難して恋人と友人たちを一度に亡くしたことがあるので、「山」や「登山」という言葉を、海里は極力使わないようにしてきたのだ。

「アホ、気ぃ遣わんでええ。ほれ、ダッチオーブンてあるやろ。本体も蓋《ふた》も重たい鉄鍋《てつなべ》で、中で水分を逃さず調理できるっちゅう」

「すっげーごついやつだよな？　俺は使ったことないけど、そうだ、確かパンが焼けるとか聞いたことがある。だったら、ケーキもいけるはず。上手《うま》く焼けた?」

夏神は、実に微妙な顔で首を捻った。

「火加減が、死ぬほど難しかった記憶がある。なんせ、炭火の上に置くんやからな。蓋の上にも、炭火を載せるわけやし」

海里も、調理の光景を想像して、「あー」と悲鳴に似た声を上げた。

「滅茶苦茶《めちゃくちゃ》難しそう。じゃあ、焦げた?」

「外は焦げて、内側は生焼けや」

「最悪オブ最悪じゃん!」

「しかも、ホットケーキミックスを使《つこ》うて、その失敗ぶりやからな」

夏神の声から、また生気が失われていく。厨房《ちゅうぼう》に戻ってきたロイドは、慰めるように、夏神の背後から声を掛けた。

「ですが、今でしたら! 腕を上げた今でしたら、お上手にやれるやも」

「いや、ちょっとは腕上がった言うても、七輪料理は素人や」

「は、熱源の問題でございますか。あと一日で上達するわけには?」

「いけへんなあ。少なくとも、他人様《ひとさま》に自信持ってお出しするもんが、焼けるとは思えん」

海里は心配そうに、質問を投げかけた。

「あと、そのダッチオーブン、夏神さん、まだ持ってる？」

　夏神は、首を横に振る。

「山の道具は、ほとんど手放してしもたからな。たとえダッチオーブンを新しく買《こ》うたとしても……」

「鍋馴《なべな》らしがなー」

「せや」

　二人の会話に、ロイドは不思議そうに割って入った。

「鍋馴らしとは？」

　夏神は、おでんのアルミ鍋の蓋を開け、それをロイドに見せた。

「こういう鍋と違《ちご》うて、鋳鉄の鍋は、最初に馴らし期間が必要やねん。くず野菜を焼いて、洗って、油を引いて……っちゅうんを何度か繰り返して、その後、使い続けて何ヶ月も経って、やっとほんまに馴染んでくる感じやな」

「さようなことが必要なのでございますか」

「シーズニングっちゅうねんけど、最近は不要な鍋も出とる。そやけどどのみち、自分の鍋として使いこなせるようになるには、一日では難しい」

「ダッチオーブンには、煙突もないし、同じ形にはならねえな」

　海里が付け加え、師弟は同時に深く嘆息する。

「どうする？」

「他の道を、考えんとしゃーないやろ」

「他のやり方をしたら、再現料理じゃなくなるけど、いいの？」

海里の素朴な質問に、夏神はきっぱりと頷いた。

「かめへん」

「うわ、なんか吹っ切れた？」

驚く海里に、夏神はニヤッと笑ってみせた。

「昔、師匠が言うてはった。変わらぬ味っちゅうんは、ほんまに何も変えんかったら、絶対に実現できへんのやと」

海里とロイドは、困惑して顔を見合わせる。

「ですが、夏神様。材料も製法も何一つ変更しないからこそ、変わらぬ味なのでは？」

夏神は、小さくかぶりを振った。

「俺もそう思うとったけどな。橋口さんの話を聞いて、なんや、師匠の言うてはったことがやっとわかってきた」

「どういうこと？」

「橋口さんは、言うてはった。食材も違う、熱源も違う、調理器具も違う。当時のことを何も知らん人間が、目方と作り方だけ見て作ったところで、出来上がるんは別もんやて」

「……うん」

「師匠も、同じことを言うてはった。しかも、記憶の中の味は、時間が経つと、どんどんええほうに都合よく変わっていくて。それから、食うほうの味覚も、旨《うま》いもんに慣れて、実際に舌が肥えていきよるんやて。せやから、すべてを工夫して、常にもっとええもん、旨いもんを作ろうと思うて初めて、変わらぬ味になる。そやなかったら、まずいほうへまずいほうへ落ちていくだけなんや」

「わかるような、わからないような」

　海里は、大きく首を傾げた。

「つまり、変わらない思い出の味を欲する橋口さんには、変えまくった料理を出さなきゃダメってこと？」

「変えへんとこも、変えるとこも、あってええ。今、俺にできる最高の味を提供するんが、結局、俺にできるただ一つのことなんやと思う。再現料理っちゅうか、橋口さんの思い出に、ちょっとでも俺が追いつこうと手を伸ばす料理っちゅうか。そんな感じや」

「なるほどなあ……。で、策はあんの？」

「それは、今から考える」

　きっぱりと前途多難な返事をした夏神に、海里は心配そうに申し出た。

「だいじょぶ？　俺、今日明日は特に予定ないから、試作、付き合うよ？」

　だが、いつもなら「頼むわ」と言うはずの夏神が、やけにきっぱりと首を横に振った。

「いや、試作は俺がやる。試食だけ、お前とロイドに頼みたい。ええか？」

「わたしは大歓迎でございます！　たとえ、外コゲ、中生のケーキでも、夏神様の御為でしたら！」

「いや、そういう失敗作は、さすがに料理人として出せんから」

意気込むロイドを軽くいなして、夏神は海里を見た。

「お前が役者としての道も探り始めたように、俺も、自分の料理を見直して、さらに視野を広げていきたい。せやから試作は、俺の仕事や」

「……そっか」

海里は笑って、薄い胸をパンと叩《たた》いた。

「いいよ！　試食と駄目出しは任せてくれよ。俺、じきにランニングと筋トレを自主的に始めるから、カロリーはちょっとくらい大丈夫！」

「そら、ありがたいな。ほな、せいぜい食うてくれ」

夏神の依頼を受け、海里とロイドの主従コンビは、それぞれ元気よく頷《うなず》いた。


そして、翌日の日曜、午後九時過ぎ。

定休日であるはずの「ばんめし屋」の内部には、煌々《こうこう》と灯《あか》りがついていた。しかし、表に暖簾《のれん》は出ていない。「本日休業」の札も、北風に揺れている。

店内には、営業中と同じ服装の夏神、海里、ロイド、そしていつものカウンター席に座った橋口の姿があった。

思い出の味への期待からか、橋口の姿は、いつにも増してハッキリと見えている。ほとんど、生きている人と同じくらいの「濃さ」である。

「よう来てくれはりました」

前掛けを締めた夏神が挨拶《あいさつ》をすると、橋口は、警戒半分、期待半分で夏神の顔を見上げた。

『おおきに、兄ちゃん。あと、お弟子さんらも。兄ちゃんらが頑張っとるんを、俺、本の中から見とったで。焼いては食い、焼いては食い……せやけど、結局どない落ちついたんか、最後は見してくれへんかったな。俺ごと二階の押し入れにしまい込んでしもて』

海里はへへっと笑って、鼻の下を指で擦《こす》った。

「そりゃ、最終段階まで見ちゃったら、サプライズ成分がゼロになっちゃうでしょ。大丈夫、究極の自信作っすよ。作ったのは俺じゃないけど」

「おい、イガ。いきなりハードル上げんなや」

海里の自信満々の宣言に、夏神はむしろ迷惑そうな顔をする。だが、ロイドもワクワクした口調で、橋口に言った。

「まずは、ご確認でございます。卵三個に、お砂糖に、小麦粉が少し。そして油と塩と水。覚えていらっしゃる材料は、それだけでございますね？　そこから、茶色くて雲のように軽いカステラが、お鍋《なべ》から登場したと！」

　橋口は、うっとりした顔で頷く。

『そやそや。庭先に七輪出して、そこで火加減をよう調節しもって、上手に焼いてくれた。底はちょっとだけ焦げとったけど、そんなもん、甘いもんに飢えとったガキには何でもあれへん。……夢中で貪《むさぼ》って、気ぃついたら、小指の先くらいしか残ってへんかった。お袋かて食いたかったやろに、その最後の一かけも、俺の口につまんで入れてくれた』

「そのカステラ、その後も焼いてもらえました？」

　海里が訊《たず》ねると、橋口は苦笑いで否定した。

『いんや。俺はわからんけど、なんやとにかく作るんが大変やったらしいわ。そのうち、アメリカのふくらし粉が出回り始めて、もっと楽におやつを作れるようになった。お袋曰《いわ》くの死ぬ気で焼いたカステラっちゅうんは、そのとき限りや』

　海里はそれを聞いて、嬉《うれ》しそうな顔をした。

「やっぱ、俺の目星、合ってるよ。ね、夏神さん」

「そやな」

　夏神は、橋口に向かって、静かにこう言った。

「橋口さん、そのカステラですけど、たぶん、本式のカステラとはだいぶ違《ちご》うて……」

『そらそうやろ。売っとるカステラ、あちこちで買《こ》うてみたけど、あの雲みたいな柔らかさはどこの店にもなかった。あれは、お袋だけのカステラなんやろ』

どこか自慢げな橋口に、夏神は少し申し訳なさそうに告げた。

「おそらくそれは、今で言うシフォンケーキ、っちゅうもんなんですわ」

『へ？　資本ケーキ？　そらまた殺伐とした名前のケーキやなあ』

「ああいや、シ・フォ・ン、ですわ。フランス語で、うっすい絹織物のことをそう呼ぶんです」

『……はあ？』

「つまり、ふわっふわの薄い布みたいに軽やかな生地ってこと。爺《じい》さ……橋口さんは、雲みたいに軽いカステラって言ってたでしょ。それ、シフォンケーキっぽいんだよね。材料も、生地の感じも」

『はあ、そうなんか。今どきは、名前が違うんか。俺にとってはカステラやねんけどなあ』

海里の補足に、橋口は不満げに薄い唇を突き出す。海里は、笑いを噛《か》み殺し、真面目くさって言い返した。

「うん、だから、今夜はそれをカステラと呼ぶことにしました。で、問題は鍋で、ホントのシフォンケーキも、パン焼き鍋みたいに、真ん中が煙突になった焼き型で焼くんだ。パン焼き鍋は今も出回ってるけど、昔みたいにジュラルミンじゃない。つまり、熱伝導が全然違う」

それみたことかと、橋口の表情に、少しずつ落胆と苛立《いらだ》ちの色が混じってくる。

『なんや、えらい前置きが長いと思うたら、失敗の報告か？　もともと、俺は、俺の思い出の味は作られへん言うとったんやから、無理やってもそれはそれで納得するで？　一生懸命、やってくれたことには感謝するから、心配せんでええ。消えられるかどうかは、また別の問題やけど』

むしろ、失敗するに決まっている、という頑迷な確信を持って、橋口はそんなことを言う。

ロイドはニコニコ顔でやんわり取りなした。

「そう仰《おっしゃ》らず。もしかすると、思い出の味より美味《おい》しくなってしまっているかもしれませんよ？」

すると、橋口は口元を不愉快そうに歪《ゆが》めた。

『アカンで。旨すぎてもアカン。不味《まず》すぎてもアカン。どっちもアウトやで？』

「……ハードル、爆上がりじゃねえの」

横に来て囁《ささや》いた海里に、「お前らのせいでな」と苦々しく囁き返して、夏神は「わかっとります」と橋口に言った。

「とにかく、俺なりの精いっぱいを、召し上がってみてください」

『お、おう。ほな、いただこうか……っちゅうか、もう焼けとんのか？　さっきから、ふわーっと甘い匂いはしよる。なんとのう、お袋のカステラを思い出す匂いではある』

橋口は、未《いま》だ渋い顔ながらも、ふんふんと鼻をうごめかせる。

「焼けたっちゅうか、炊けたっちゅうか」

そう言うと、夏神はいきなり、目の前に置いてあった炊飯器の蓋《ふた》を取った。

五合炊きの炊飯器の内釜《がま》の中では、まさかのケーキが「炊けて」いる。

両側からそれを覗《のぞ》き込んで、ロイドと海里は思わずガッツポーズをした。

この一日半、配合を微妙に変え、卵白の泡立て具合を調整し、プログラムの違いによる焼き上がりや、炊飯を繰り返す回数など、実験と吟味を二十回以上重ねてついにたどり着いた、「思い出カステラ」なのである。

しかし、立ち上がって、炊飯器の中を覗き込んだ橋口は、眦《まなじり》を吊《つ》り上げた。

『なんや、それは。年寄りをバカにしとんか。炊いてどないするんや。膨らんどるだけしか合っとらん。形も違う。なまっ白い色のカステラなんぞ、俺は食いとないで！』

それまではおっとりした話しぶりだった橋口の突然の激昂《げきこう》に、海里は気圧《けお》されて半歩退《ひ》く。

しかし夏神は、何も言わず、布巾《ふきん》で熱い内釜を支え持ち、店でいちばん大きな皿の上に、ポンと引っ繰り返した。

途端に橋口の口から、おおおお、という溜《た》め息《いき》のような声が漏れる。

炊飯器の加熱の方法上、上側に焼き色を付けるすべはないのだが、下面、つまり釜の内面に触れているほうは、直《じか》に加熱され、こんがりと、まさにきつね色の焼き色に仕上がっている。

「ほんまは、冷やしたほうが生地が落ちつくんですけど、焼きたてを食うたて言わはるので、このままで。……どうぞ」

夏神は、さすがに緊張で軽く震えた声でそう言い、両手で恭しく皿を持ち上げて、それをカウンター越しに橋口の前に置いた。

『ほな……いただこか』

橋口もまた、夏神と負けず劣らずガチガチに緊張しているらしい。二人の男が、傍目《はため》にはつかみ合いでも始めるのかと思われるようなアグレッシブな顔つきで睨《にら》み合うのを、海里とロイドはドキドキしながら見守った。

やがて橋口は、炊飯器ケーキ、もとい「思い出カステラ」に、そっと触れた。

『あちッ！　ああ、そや。お袋が鍋を引っ繰り返して出してくれたカステラも、えらい熱かった。ほんで、見る見るうちにしぼもうとするんを、逃がすまいと思うて必死で捕まえて、むしって食うたんや。ああ、そうや、思い出した』

ベーキングパウダーを使わず、卵白を泡立てて作ったメレンゲの力だけで立ち上がっている柔らかな生地は、自重に耐えきれず、中央からゆっくりと沈んでいく。

それを許さじと、橋口は熱い熱いと子供のように悲鳴を上げつつ、柔らかなスポンジを指で容赦なくむしり、口に運ぶ。

それが、乱暴かつ野蛮でありながら猛烈に旨《うま》そうな食べ方で、海里はゴクリと唾《つば》を飲んだ。

何度も試食を繰り返したせいで、もうこのケーキはたくさん、こりごり、どんな一かけすらも食べたくないと、ついさっきまで思っていたはずの海里である。

だが今は、橋口から奪い取って、特大の一かけを口に押し込みたい欲求を抑えるのに苦労するほどだ。

見れば、ロイドも小さく足踏みしている。どうやら、気持ちは海里と同じらしい。

まるで戦後の飢えた子供のように、前屈みになってスポンジを引き裂いてはむさぼり、啞然《あぜん》として三人が見守る中、彼は水の一口も飲まず、カステラを平らげてしまった。

『魔法や』

橋口の口から出たのは、そんな一言だった。

夏神の強張《こわば》っていた顔が、それを聞いて、ゆっくりと和らいでいく。

橋口は、信じられないという顔つきのまま、テーブルの上に落ちたカステラの欠片《かけら》を指先で拾い、口に入れた。

『なんでや。材料も違う、俺の舌も変わった、鍋《なべ》やのうて、ガスですらのうて、炊飯器で炊きよったケーキが、俺が覚えとるお袋の味そのものや。なんで、そないなことができたんや、兄ちゃん』

今度は、橋口が呆然《ぼうぜん》とする番である。

夏神は言葉に詰まりながら、むしろ困惑の笑みを浮かべ、正直に答えた。

「たぶん、それは偶然です」

『偶然やて？　こないな偶然が、あるはずが』

「俺は、俺が今手に入る同じ材料で作れる、最高に旨いカステラを焼き、いや、炊きました。思い出の味っちゅうより、今できる最高のもんを、って思うたんです」

橋口は、無言で頷《うなず》く。

「たぶん橋口さんのお袋さんも、我が子に、そのときに作れる最高に旨いもんを食わしてやりたい、その一心で工夫しはったんやと思います。今みたいにええ泡立て器があらへんので、卵白の泡立ては大変やったでしょう。そやけど、出来る限り大きゅうて、丸うて、こんがり焼けて、ふわふわで甘い。鍋の蓋取って、上手《うま》いこと焼けとるんを見たとき、お袋さんは、どないに嬉しかったやろ。そう思いながら、俺も作りました」

『……ほうか』

「はい。その結果、たまさか同じ味に仕上がった幸運っちゅう奴やないかと」

夏神が頷くと、橋口はしばらく、空っぽの皿を眺め、黙りこくっていた。

『いや』

そして、それが橋口の、再び口を開いたときの第一声だった。

「えっ？」

海里は、短い一言の意味を量りかね、思わずカウンターに両手をついて身を乗り出す。

ロイドも、両手の指を組み合わせ、不安げな顔で審判を待っている。

ただひとり、じっと橋口から視線を逸《そ》らさない夏神に、老人は、ようやく心からの笑みを贈った。

『偶然と違う。他の何が違《ちご》うても、俺に旨いカステラを食わしたろっちゅう思いが一緒やったから、あの味になったんや。俺はそう思う。ありがとうな、兄ちゃん。なんや、餓鬼みたいに夢中で食うた』

「あと三釜くらい、炊いといたらよかったですね」

夏神は、存外真剣にそう言った。だが、老人はかぶりを振る。

『十分や。お袋の焼いてくれたカステラも、あっちゅう間になくなった。そんなとこまで同じやわ。ああ、ええ思い出に、ええ思い出がくっついた。上書きと違う、隣同士でくっついたわ。ええ冥土《めいど》の土産ができた』

笑顔のまま、橋口は肺が空っぽになりそうなほど、深い息を吐き出した。

それはまるで、残っていた魂の残渣《ざんさ》を、空気中に放出するような仕草で……実際、あれほどハッキリ見えていた老人の姿が、少しずつ薄くなっていく。

(あ……旅立っちゃう)

海里はそう思ったが、そのとき、夏神がスッと動いた。

炊飯器の横に置いてあった何かを、老人の前に置いたままの、空っぽの大皿の上に載せたのだ。

それは、今は滅多に見ないような古びたアルマイトの弁当箱だった。その上に、ハトロン紙の薄い包みが置いてある。

『これは……？』

「リアルな冥土の土産です」

やはり真顔でそう言って、夏神はニッと、いつもの彼らしい温かな笑みを浮かべた。

「お袋さんが作りはった押し花と、お気に入りの、『はんぺんと菠薐草《ほうれんそう》』の弁当です。飯には、サービスででかい梅干しも埋め込んどきました」

『……おう……』

「ほんまは本ごとお返ししたいとこですけど、本は、俺にとっても師匠からの遺産なんで、これだけは手元に置かしてください」

橋口は、もう一度、おう、と声を出さずに唇の動きだけでそう言うと、薄れかけた手で、それでもしっかりと、押し花の包みと弁当箱を胸に抱いた。

少しずつ、少しずつ、老人の姿が薄くなり……やがて見えなくなるそのとき、三人の耳元に、甲高い子供の声が聞こえた。

『行ってくるわな、母ちゃん』

それが、橋口老人がこの世に残した、最後の言葉だった。

思わず嗚咽《おえつ》しそうになって、夏神は俯《うつむ》いて唇を嚙《か》みしめる。

こちらももらい泣きしそうになって咄嗟《とっさ》に上を向いた海里の耳に、ロイドの「行ってらっしゃいませ！」というあっけらかんとした別れの声が聞こえた……。


「あー！　しまった。洗いが足りなかったよ」

海里の嘆きの声に、夏神はタレにつけたはんぺんをフライパンで焦がさないようにじっくり焼きながら、「お？」と返事をする。

海里は、炊飯器の蓋《ふた》を開け、「あまーい香りがする」と、しょっぱい顔をした。

夏神は、思わず噴き出す。

カステラをさんざん焼いたせいで、菓子の香りが炊飯器に染みついてしまったらしい。

「お前、ただ洗剤で洗《あろ》うただけで飯炊いたんか」

「炊きましたー」

「アホやな。まあ、味は変わらん。そやけど、明日《あした》からの仕事に使う前に、水にクエン酸入れて、炊飯押して匂いを抜かんと」

「クエン酸入れるんだ？」

「重曹でもええけど、俺はクエン酸派や」

そんな妙な宣言をしながら、夏神は焼き上がったはんぺんを三枚の皿に盛りつけ、それぞれの皿に、さらにほうれん草の胡麻《ごま》あえを添える。

「お。橋口さんお気に入り弁当メニューか、今日の晩飯」

「お前には、ちょいとボリュームが足りんかもしれんから、ししゃもも焼いたるけどな」

「お、やった！　家飲みメニューだ」

明るい声でそう言ってから、海里は夏神にしみじみとこう言った。

「今回は、夏神さん、ひとりでやりきったな」

だが、夏神は、それを即座に否定しようとする。

「いや、お前とロイドに手伝ってもろたやないか。なんもひとりと違う」

「ううん、ひとりだよ」

海里もまた、やけに強情にそう主張する。

「……違うて言うてるのに」

「違わねえの！」

きつい調子で断言し、海里は人差し指を夏神の鼻先に突きつけた。

「いくら俺とロイドが手伝ったって、何をどうするか決めたのは、夏神さんだろ。今回は、あれこれ迷いながらでも、誰かに相談しながらでも、最終的には夏神さんが一から十まで決めた。それが、ひとりでやりきったってこと。実際の作業で人の手を借りたこととは関係ない。そうだろ？」

「イガ……」

呆気《あっけ》にとられる夏神に、海里はニヤッと笑って、ピースサインをしてみせた。

「夏神さんがそうやってひとりで爺《じい》さんを成仏させたみたいに、俺も、ちゃんと、自分の決断に責任持って、この店の仕事も、朗読の仕事もやっていく。……あ、えと、今は修業中の身だから、まだ朗読は仕事にできてないけど、きっと近いうちにプロになる」

夏神は、短い間に妙に頼もしくなった気がする、弟子の整った顔をまじまじと見つめる。

そんな夏神の強い眼差《まなざ》しを、海里はクシャッと照れ笑いをして受け止めた。

「その結果、両方に『ごめんなさい』って言わなきゃいけないような迷惑かけると思うんだけど、絶対、夏神さんにも倉持さんにも、こいつを育ててよかったって思ってもらえるように頑張るから！　見ててくれよな」

「ええで。たまにはガツンとどやしつけながらな」

夏神も、ホロリと笑って、海里の背中を叩《たた》くような仕草をする。

そんな二人を、階段からそっと覗《のぞ》いていたロイドは、「わたしは最年長眼鏡として、そんなお二人を誠心誠意、お育て致しますよ」と、真剣な面持ちで囁《ささや》いたのであった……。

エピローグ

ガスコンロの前で盛大なクシャミをした海里に、夏神は、皮が異様に硬いカボチャに菜切り包丁を六割ほど切り込んだところで手を止め、声を掛けた。

「なんや、お前も花粉症デビューか？」

「ちげーよ！　さっき、キャベツの千切り炒《いた》めたときの胡椒《こしょう》が鼻に入っただけ。ったく、なんだって花粉症患者はどいつもこいつも、他人を同じ沼に引きずり込もうとするんだか」

「そらお前、あの煩わしさを分かち合ってほしいと思うからやろ。一日でもええから経験してみい。人生経験が少しは豊かになるで。まあ、俺は医者にかかってもろた薬のおかげで、すっかり楽になったけどな」

夏神はそう言って、余裕綽々《よゆうしゃくしゃく》の笑みを浮かべる。

「俺が薬を買って帰って、大ピンチを救ってあげたことは忘却の彼方《かなた》かよ？」

不満顔でツッコミを入れる海里に、夏神は大袈裟《おおげさ》に合掌し、頭を下げてみせた。

「へ……っくしょい！」

「その節はどうもおおきに。……いや、あれはほんまに助かった」

「だったら、俺を花粉症にさせたがるの、やめてくれよな」

「いやいや。人生、経験は多いほうがええやろ。お前、役作りには取材するて言うたやないか。経験できるもんはするて」

「そりゃそうだけど」

「花粉症患者になってみんと、花粉症患者の演技はできへんぞ。取材だけでは、あの苦難はとても理解しきれん」

力説する夏神を、海里は胡乱《うろん》げに横目で見た。

「そういう苦難のバリエーションはノーサンキューだし、花粉症になったら、花粉症患者の芝居はやりやすいかもしれないけど、そうじゃない人の芝居ができなくなるだろ」

「そういうたらそうか」

「そうですよ。……あっ、でも待って。すげえ。今のクシャミで、なんかいい感じに卵が返せるようになった気がする」

「ホンマかぁ？」

疑わしげな声を出しつつも、夏神はカボチャをいったん置いて、海里の傍にやってくる。

「どれ」

「ほら、見てて」

張り切った声でそう言うと、海里はわざと「へっくしょい。へっくしょい!」とクシャミを繰り返した。それとタイミングを合わせ、片手に持った鉄製のフライパンを煽《あお》るように振っていくと、中に入ったオムレツが、弾むように回転していく。

それを見て、夏神は思わず噴き出した。

「おう、ホンマやな! これまでで最高の出来やないか」

「でっしょー! すげえ、発明だな」

完成したオムレツを皿に載せ、海里は色んな角度から、ほれぼれと眺めつつ自慢する。

「そうは言うても、そないなクシャミしながら料理されたら、お客さんはたまらんで」

「それはそうだよな。いやでも、このタイミングを自分のものにしさえすれば、あとはエアーくしゃみでどうにかなるはず!」

「エアーくしゃみってなんや?」

しかめっつらをする夏神に、海里は声を出さずに、顔面筋の動きだけでクシャミのアクションをしてみせる。夏神は、「アホくさ」と即座に斬り捨てた。

「……まあ、オムレツの練習は、またの機会に頑張り。もう三つ目や。サンドイッチ用には十分やで」

海里は残念そうに、フライパンをペーパーナプキンでするっと拭《ぬぐ》った。

「だよな。練習したかったから木の葉形にしたけど、やっぱ食パンに合わせて四角く焼いたほうがよかったかな」

「いんや、お前の練習になるほうがええ。うちの店でプレーンオムレツが主菜になることはないやろけど、だし巻きが和食の基本やったら、オムレツは洋食の基本やからな」

「どっちにしても卵か。卵、難しいよな。ただ茹《ゆ》でるだけだって、ガチで俺的理想の半熟に仕上げるの、難しいもん」

「中を覗かれへん料理は、難しいわな。沸騰具合と時間で、自分で塩梅《あんばい》を突き詰めるしかあれへん」

「あーあ。これから毎日、起き抜けの飯をゆで卵にしようかな。倉持さんにも、良質の蛋白質《たんぱくしつ》が発声のためにいい筋肉を作る！　って念仏みたいに言われてるし」

まだ自分が会ったことのない女優の口癖を真似る海里を、夏神は面白そうに見やった。

「ええん違うか。毎日一つ食うくらいやったら、コレステロールも大丈夫やろ。ああ、なんやこの南京《ナンキン》。死ぬほど硬いな」

夏神は再びカボチャを切り分ける作業に戻り、菜切り包丁に体重をかけてギコギコと少しずつ切り進める。それを見て、海里は感心した様子で言った。

「夏神さんが手こずるカボチャって、よっぽどだな。見るからに、筋肉料理人って感じなのに」

「おもろい二つ名を勝手につけんな。……はあ、やっと二つに切れた。昼に食うたろと思うたけど、夜に回すわ。切り分けるだけで、せっかくの卵が冷めてまう」

「確かに。もう、夜にレンチンして、スープか何かにしちゃおうよ」

「そやな。方針転換や」

夏神は二つに切れたカボチャからスプーンで種とわたをくり抜くと、それぞれの断面をラップフィルムで覆って調理台の片隅に転がした。

そして、すぐ近くにあった食パンの包みを開けると、天板に六枚すべてを並べ、オーブンに入れる。

今日は、土曜日だ。

週末はそれぞれが好きに過ごし、食事も勝手に食べるという原則はあるのだが、最近では、こうして一緒に作り、一緒に食べることも少なくない。

定食屋の仕事では、どうしても白いご飯が進む和食が主になるので、休日には、パンやパスタがよく登場する。

今日のブランチメニューは、オムレツとカリカリベーコン、それにキャベツ炒めのボリュームたっぷりのサンドイッチだ。それにカボチャのローストを添えるはずだったのだが、予想外のカボチャの抵抗に遭い、それは夜に持ち越されることになった。

「タダほど怖いもんはない、てホンマやな。あれ、いつもの八百屋にサービスでもろたやつやねん」

「へえ。わけありカボチャかあ」

「味はよさそうやけどな。ああ、そうや。飯のとき、ちょい飲むか？　それとも良質の蛋白質、牛乳にするか？」

「小学生の給食じゃあるまいし、牛乳はパス。昼飲みに賛成。軽く飲もうよ、休日っぽくさ。……つか」

海里は卵を焼いたのと同じフライパンにベーコンを並べ、滲《にじ》み出る脂をペーパータオルで拭《ふ》き取りながら、訝《いぶか》しげに店内を見回した。

「ロイドの奴、どこ行った？」

夏神も、不思議そうに店内を見回した。

「そう言うたら、おらんな。眼鏡になって二階で寝とん違うか？」

「いや、これから飯食うってときに、あいつに限ってそれはないわ」

「それもそうやな。どないしたんやろ」

「いつの間にか、いなくなってたよな。いつもなら、火から安全距離取って、ちょんちょん動き回ってるはずなのに」

二人が、若干心配そうに顔を見合わせたそのとき、入り口の引き戸をガラリと開け、ロイドが入ってきた。

「ただいま帰りました！」

その手に提げられているのは、店のすぐ近所にある洋菓子店「アンリ・シャルパンティエ」のクリーム色の紙袋だった。ひと目見ればすぐにそれとわかる、ロウソクのロゴマークを大胆にあしらったものである。

海里はさすがに驚きの声を上げた。

「何だよ、急に姿が見えなくなったと思ったら、アンリ行ってたのか？」

「はい。しばらくはお手伝いがなさそうでしたので、ちょっと出掛けて参りました。これが、戦利品でございます」

ロイドは嬉《うれ》しそうに、紙袋を持ち上げてみせる。

こんがり焼き上がった食パンをオーブンから取り出した夏神は、オーブンミトンをはめたまま、眼鏡の付喪神《つくもがみ》をからかった。

「なんや、ロイドの買い食い好きも、コンビニに止《とど》まらんと、ついにケーキ屋まで広がったんか。アメリカンドッグから、フィナンシェに進化か？」

「ブルジョワ眼鏡か！」

海里もからかいの言葉を添える。

だが、ロイドは笑顔のままで首を横に振った。

「わたしとて、このお店の一員、食の探索に余念はございませんが、本日のこれに関しては、断じて買い食いではございませんよ。フィナンシェも素敵でございましたが、ケーキに致しました」

「フィナンシェじゃないんだ。けど、買い食いじゃないってことは、誰かにプレゼントでもすんの？」

首を傾げる海里に、ロイドはニコッとして、自分を指さした。

「お前？　自分で自分にケーキ買ってきたのか？　なんで？」

するとロイドは、軽く胸を張ってこう言った。

「実は先ほど、カレンダーを眺めていて思い出しまして」

「何を？」

「本日は、前の主《あるじ》が、わたしをお父上から譲り受けてくださった日なのです」

咄嗟《とっさ》に返事ができず、夏神と海里は何とも複雑な表情で黙り込む。ロイドはやや不服そうに、ケーキの紙袋をカウンターに置き、両手を腰に当てた。

「なんでございますか、お二方。反応が鈍くていらっしゃいますね。この佳《よ》き日の意味がおわかりにならないので？」

「いや、わかんなくもないけど……」

「お前が作られた日ぃとか、買われた日ぃとかならともかく、前のご主人様に出会った日っちゅうんは……何になるんやろな。誕生日違うし」

「うーん、言うなれば、結婚記念日みたいなニュアンス？」

盛んに首を傾げながら海里がどうにか捻《ひね》り出した一言に、ロイドは我が意を得たりと声を弾ませる。

「それでございます！　眼鏡と人間の出会いはすべからく運命、そして前の主と運命の出会いを果たした日なのでございますから、思い出したからにはお祝いをせねばと。勿《もち》論《ろん》、海里様と出会った日も、今年はきちんとお祝いする所存ですからご安心ください。何しろ夏神様からお給金をいただいているので、ケーキくらいは買い放題でございますからね」

そう言って、ロイドは紙袋から白い紙箱を取り出し、カウンターテーブルの上に、大事そうに置いた。

パカッと蓋《ふた》を開くと、姿を見せたのは、丸いケーキを切り分けた、その名も「ザ・ショートケーキ」である。生クリームのデコレーションはあくまでシンプル、主役たる大粒の真っ赤な苺《いちご》が、一つにつき三粒も載っている。何ともゴージャスなショートケーキだ。

「あれ？」

箱の中を覗《のぞ》き込んで、海里は首を傾げた。

「四つあるけど」

「はい、四つ、買って参りましたので」

ロイドはさも当然というように頷《うなず》いた。

「俺たち、三人だぞ？」

「はい。ですが、亡き前のご主人様にも、御供えというのをやってみとうございます。先日、テレビでその素敵な風習を知りまして、今回是非にと」

夏神と海里の口から「あー」という納得の声が同時に上がった。

しかし当のロイドは、少し困った風に小首を傾げた。

「ですが、かようなときの御供えとは、どちらにどのようにすればよろしいのでしょうね。仏壇もございませんし、神棚というのも何か違うような……」

するとと海里は、無造作にこう提案した。

「俺たちと同じテーブルでいいじゃん。ねえ、夏神さん」

「うん？」

「まあ、たぶんロイドの前のご主人様は、無事に成仏してるだろうし、お盆でもないのに帰ってきてるわけじゃないだろうけど……でも、一緒にいる体《てい》でさ。サンドイッチ、切って四人で分けて、同じテーブルで飯食って、ケーキ食うの、よくね？」

夏神はすぐに海里の意図を察し、「ええな」と笑った。

「それが、御供えになるのでございますか？」

ロイドは少し不思議そうにしたが、夏神はこう言った。

「そやかて、別の場所に飯をセッティングされて、こちらでどうぞて言われるより、同じテーブルで、一緒に食おうて言われるほうが、神さん仏さんでも嬉しいに決まっとる。仲間はずれは、誰かて嫌やからな」

「なるほど！」

「前のご主人様の宗派はわからんけど、ええやろ。御供えして、目には見えんけど一緒に食うてもろて、そんで俺らがお下がりっちゅうことで平らげると」

「そうそう、無駄のないシステム。ケーキの上にも、ちょうど苺が三粒ずつ。分けやすくて助かるわ～」

そんな夏神と海里を感心しきりで見やり、ロイドは嬉しそうな笑みを零《こぼ》した。

「これで、眼鏡なりに、大いにお世話になった前のご主人様の供養をささやかに行うことができるのでございますね。はあ、何やら、嬉しい気持ちでございます」

大事そうに紙箱の蓋を再び閉めながら、ロイドはそんなことを言う。海里は、夏神がサンドイッチを組み立てるのを興味深げに眺めながら、「供養かあ」と呟《つぶや》いた。

「海里様は、お父上のご供養をなさらないのですか？」

「んー、実家にいたときは、毎朝毎晩、仏壇を拝んでたよ。線香に火を点《つ》けて立てて、お鈴をチーンって鳴らして、手を合わせて。けど、なんかあれはルーティンっていうか、実感なかったなあ。あと、命日にお寺さんが来てお経を上げて、正座がつらかったりとか、お坊さんの話が超つまんなかったりとか」

「……それは、あまり楽しくなさそうなご供養でございますな」

「そうだな。全然楽しくはなかった。悪いことしたら、兄貴に仏壇の前に引きずっていかれて、父親に謝らされたし。あー、なんかマジでつまんねえ供養だな」

今さらながらにそんな不平を言い始めた海里を、夏神は苦笑いで窘《たしな》める。

「そういうもんやろ。お袋さんとお兄さんがちゃんと仏壇守ってはって、偉いやないか」

「そうだけどさ。俺は別に、ここに仏壇持って来てねえし、これといって父親を供養する方法は……あっそうだ」

海里は、パチリと指を鳴らした。

「今度、父親の命日で家族が集まるとき、俺もケーキ買って行こう。そんで、切り分けるとき、父親の分もカウントに入れて切ろう。うん、なんか、家族みんなでケーキ食うって、間違いなく幸せだもんな」

「せやな」

「そうでございますよ！」

二人も、それには一も二もなく同意する。

「法事のあとの会食って、なんかご馳走《ちそう》だけど味気なくてさ。お仕着せ感あるし。だから、俺が父親を含めた家族のために、旨《うま》いケーキを選んで買っていく。うん、人生初めての、ささやかな俺プロデュースの供養になるんじゃね？　ロイド、いいこと教えてくれて、ありがとな」

早くもその日が楽しみらしく、海里は上機嫌に口笛を吹きながら、夏神が作ったサンドイッチをよく切れる包丁で、四等分に切り分け始める。

「そういや、夏神さんは？　彼女さんのお墓にお参りできるようになって、何持っていってんの？　やっぱお花？」

するとと夏神は、やや得意げにこう答えた。

「花は勿論や。あいつの好きやった花を持っていく。あとは、あいつの好きやった菓子を持っていって、供えて、その場で一緒に食うこともあるで？」

海里は、ちょっと悔しそうに驚いてみせた。

「なんだよー、やってんじゃん、リア充供養。俺より夏神さんのほうが先進的だった」

「供養に、古いも新しいもあれへんやろ。他にも持っていくことはあるけどな」

「たとえば？」

「あいつが好きやったチューハイとか、あいつが好きやった酒のアテとか。まあ、獣が来るから置いてはいかれへんし、供えた後、俺が平らげて帰るんやけど」

「墓場でリア充飲みもやってんのかよ」

「一口やで？　乾杯したら、あとはフタして持って帰る」

やけに几帳面《きちょうめん》な墓参の習慣を告白して、夏神はしみじみとこう言った。

「幽霊になって出てくれたら、ナンボでも料理の振る舞いようがあるのに、俺らの大事な人らは、潔う成仏し過ぎやな」

海里は、ロイドが並べてくれた四枚の皿に、切り分けた分厚いサンドイッチを公平に盛りつけながら、クスリと笑って同意する。

「ホントにな。でもさ、そうやって、飲み食いを一緒にするふりでも、やってみたら、もういない人と、別れたあとでも仲良くなれる気がする。俺なんて、父親はほとんど知らない人だけど、でも、一緒にケーキ食ったって思うだけで、なんか、近づけた気がする」

「食べ物のもたらす魔法でございますな」

ロイドは嬉《うれ》しそうにそう言って、ひとまずケーキを冷蔵庫にしまい込んだ。

夏神は、ズラリと並んだサンドイッチの皿を眺めて、こう言った。

「こうして、死んだ人のための料理を並べただけで、そこにその人のための場所ができるんや。俺らは、ロイドの前のご主人様に会うことはかなわんわけやけど、こうすることで、知らん者同士、同じ空間を共有することができる。時間も空間も越えて、いっとき、一緒に過ごすことができる。……供養っちゅうんは、そういうことかもなあ」

海里とロイドも、夏神の両脇に立ち、同じように四枚の皿を眺め、ほんの少し寂しく、しかし同時に温かで幸せな光景を胸に刻みつけた……。

どもども、五十嵐です！　今回は、夏神さんに教わった料理をご紹介！

ポークチャップは簡単だけどご馳走感が出るから、是非作ってみてよ。

俺的には、付け合わせにはサッパリとキャベツ千切り＆プチトマトがおすすめかな。

シフォンケーキは、作中より少ししっかりめの失敗しにくい配合を紹介するよ。多少焦げちゃっても気にしないっ。

蒸し暑い時期には、敢えてしっかり火を通すおでんもおすすめ！　和風ポトフ感覚で作ってみて。食卓に出すときには、「ディッシー！」を忘れずに……や、ちょっと恥ずかしいか。「召し上がれ！」でいこっか。

イラスト／くにみつ

ご飯が進む！　ポークチャップ

★材料（4人前）

豚ロース肉（厚切り）　4枚～

食べたいだけ！　あんまり分厚いと火が通りにくいから、厚みは1cmくらいまでに。焼き加減に自信がなければ、生姜焼き用からトライ。脂身が苦手ならモモがお勧め。肩ロースも、脂身と赤身のバランスがいいよ

塩、胡椒　適量
小麦粉　適量
サラダ油　大さじ1

米油でもオリーブオイルでも、好きなものを使って。でも、ごま油を使うときは太白でよろしく！

●ソース
タマネギ　小～中1個
しめじ　1パック

石づきを取って、1本ずつバラバラにしておいて

水　150ml
ケチャップ　大さじ3
ウスターソース　大さじ2
醤油　小さじ1
日本酒　大さじ1

なかったら省いちゃって！

★作り方

❶まずは豚肉。ロース肉の場合は、脂身のあるほうから、赤身にかかるようにザクザク包丁で切り目を入れよう。肉の大きさにもよるけど、3～4本くらい。筋切りをすると、焼いたときに肉が縮みにくくなるし、脂身からも余計な脂が出て、かりっと香ばしくなるよ。他の部位を使う場合は、何もせずに次に進もう。
❷フライパンに油を引いて中火にかけよう。フライパンが温まるまでの間に、肉の両側に塩胡椒して、小麦粉を薄くまぶそう。時間を置くとベタベタになるので、余分な粉をはたき落としたら、すぐフライパンへオン！
❸中火のままで肉を焼きつつ、タマネギとしめじの準備をしよう。肉は、こんがり焼き色がついたら裏返して、じっくり焼こう。手が空いたら、お皿に先に付け合わせを載せておくといいよ。付け合わせは、あるもので適当に！　余ったソースをつけて食べられるように、キャベツ千切りとか茹でたブロッコリーとかがお勧め。
❹肉が焼けたら、食べやすく切ってお皿に盛ろう。このとき、断面を見て、ちゃんと火が通っているかどうか確認してね。まだだったら、もうちょっと焼こう。
❺肉を焼いたフライパンにタマネギとしめじを入れて、弱めの中火で軽く炒めよう。油と馴染んで、ちょっとしんなりしたら、ソースの材料を一気に投入。フライパンの底を木べらでこそげるみたいにしながら、旨味をソースに移してぐつぐつ煮よう。焦がさないように、沸騰したら弱火がお勧め。
❻タマネギとしめじとソースが十分馴染んで、少しとろんとしたらでき上がり。肉の上からたっぷりかけて、テーブルへ！　ナイフとフォークでご馳走感覚にしたいときは、肉は敢えて切らずにどーんといっちゃってもいいね！

炊飯器で炊いてしまおう、軽やか素朴なシフォンケーキ

★材料

卵　3個（小さい卵のときは4個使ってもOK）

小麦粉　100g

砂糖　80〜100g（お好みで。これ以上は減らさないほうがいいと思う）

塩　ほんのひとつまみ（忘れても……正直、大丈夫。甘みを引きしめる感じ）

サラダ油　40ml（何でもいいけど、香りが強いものは避けて）

水　80ml

★作り方

❶大きめのボウルを2個用意して、卵を卵白と卵黄に分けよう。砂糖をざっくりでいいので半分ずつ、卵白と卵黄のボウルにそれぞれ入れておく。

❷ここからは、とにかく混ぜる!　あったらハンドミキサー、なかったら頑張って泡立て器を使いまくろう。まずは、卵白と砂糖を泡立てる。泡立て器を引き上げたとき、ピンと角が立つくらい。けっこう大変だけど、これがケーキをふかふかにする原動力だからね!

❸次に、卵黄と砂糖も泡立て器で混ぜる。こちらは泡立つわけじゃないけど、混ぜているうちにちょっと白っぽく、もったりふわん、って感じになる。そうなったら、サラダ油を少しずつ垂らしながらよく混ぜる。分離しないように気をつけて。油を入れ終わったら、今度は水も同様にしてしっかり混ぜて馴染ませて。

❹塩を小麦粉の中に入れて、一緒に（できればふるいながら）卵黄ミックスのボウルの中へ。だまができないように素早く勢いよく、全体をぐるんぐるんと下から上へ引っ繰り返すみたいに泡立て器で混ぜよう。練らないように気をつけて。

❺卵黄ミックスwith小麦粉が滑らかになったら、いよいよ泡立てた卵白の三分の一くらいをまず入れて、泡立て器でまんべんなく、今度はボウルを回しながら、素早く混ぜよう。生地が均一になったら、残りの卵白を入れて、やっぱりボウルを回しながら、むらがなくなるまで、素早く大きな動きで混ぜ合わせる。泡を潰さないイメージで。

❻すぐに炊飯器の釜に生地を注いで、濡れ布巾の上に釜を軽くとんとん5回くらい打ち付けて余分な空気を抜く。そして、炊飯スイッチをオン!　俺んとこは、五合炊きの炊飯器だけど、容量や機種によって加熱具合に差があるから、1度目の炊き上がりで、竹串を真ん中に刺してみて、生地がついてこなければOK。まだまだだね!　ってときは、再び炊飯。

❼加熱方法の都合上、炊飯器を開けたときに見える面には焼き色がつかないよ。竹串でチェックしてOKなら（たぶんたいてい2回炊けばいけるはず）、すぐに大きなお皿の上にお釜を伏せて、しばらくそのままにしておこう。たいていのお釜だと、ケーキは勝手に剝がれてお皿の上にいるはず。くっついていたら、手で優しく剝がして。

作中ではすぐ食べちゃったけど、こうして冷めるまで置いておくと、ケーキがとてもしっとりするよ。

❽基本のレシピで上手く炊けるようになったら、小麦粉と砂糖をちょっとだけ減らして、市販の顆粒状のインスタント抹茶オーレやカフェオーレをスティック2〜3本分入れると、簡単アレンジができたりします。水を牛乳に替えたりしてもOK。カスタマイズを楽しんで!

※ケーキを焼いたあと、作中の俺みたいに炊飯器のにおい移りが気になるときは、クエン酸20〜30gを釜に入れて、七分目まで水を注いで急速炊きしてみて。冷めてから、釜と外せるパーツを綺麗に水洗いしたら、たいていのにおいは消えるはず。お試しあれ!

おまけ　鶏団子入りおでん

鶏ガラで出汁をとったおでんは旨いんだけど、自宅で鶏ガラはちょっとハードル高いわ、という人のために、夏神さんと一緒に考えてみたよ！

★材料（4人分）

●鶏団子

鶏挽き肉　400gくらい　（長時間煮込むおでんには、断然、もも肉がお勧め！）

白ネギ　1本　（1/2本あればいけるけど、残してもめんどくさいから使っちゃおう）

酒　大さじ1　（なかったら水でいいよ）

生姜　1かけ　（ガリガリおろしておいて。チューブなら、お好みで2〜3cm分）

片栗粉　大さじ1

塩、胡椒　少量

●おでん出汁

出汁　1500ml　（かつおと昆布がおすすめ。出汁パックなら2、3袋。粉タイプはメーカーの目安に従って。後から追加できるから、少なめから様子を見よう）

薄口醤油　大さじ4

砂糖　大さじ2

みりん　大さじ4

塩　小さじ1/2〜1　（出汁の塩気によって調節を！　これも少なめから）

※あとは、食べたいおでん種を食べたいだけ。（でも、練り物は必ず何種類か入れてね！　この出汁で煮ると特に美味しいのは、ジャガイモ。煮崩れしにくいメークインを丸ごと入れる）

★作り方

❶おでん出汁を作ろう。といっても、出汁と調味料を合わせて煮立てるだけ。調味料は少なめにしてあるので、味が足りなければ足して。だけど、おでん種から味が出るし、だんだん煮詰まってくるので、ごくごく飲めるな、でもちょっと薄いかな、ってくらいがいい感じ。

❷鶏団子のたねを作ろう。ボウルに鶏挽き肉を入れ、軽く塩胡椒をする。塩は挽き肉に粘りを出すので、忘れないでくれよな。白ネギはみじん切りにして、挽き肉のボウルに投入。ぶっちゃけ面倒臭かったら、代わりに刻み葱を買ってきて1パック放り込んでもいいよ。あとは酒（あるいは水）と片栗粉、おろし生姜を入れて、よく手で練ろう。

❸弱火でふつふつ沸騰させた出汁に、鶏団子のたねを食べたい大きさに取って入れていこう。丸めるには柔らかいな……というときは、スプーンで掬って落としてくれていいよ。

❹鶏団子が浮いてきたら、素早くあくを掬い取って、他の種を入れよう。

ちなみに、練り物はいったんざるに入れて、熱湯をざっと回しかけて油を抜くと、出汁との馴染みがよくなるよ。大根は皮を剝いて輪切りにして、ボウルにひたひたの水を入れてレンジで五分かけてから鍋に入れると、煮えるのが早いし、味の染みもいい。ジャガイモは皮を剝いてゴロンと。茹で卵やコンニャクもマストだな。

※冬はたっぷり作って延々食べちゃうおでんだけど、夏は日持ちがしないので、長くても二日で食べきるようにしよう。夜に食べたら、翌朝も必ず一度、火を通して。

鶏団子のたねは、他の料理にも応用できるよ！

❶粗みじん切りのレンコンを混ぜて、食感が楽しいミニハンバーグに！　焼くときは、両面に焼き色をつけたら弱火にして、水を少し入れて蓋をして、しばらく蒸すとふっくらやわらかになる。タレは、市販の焼き鳥のタレが楽ちんで旨いんだよな〜。レンコンの代わりに、エリンギやエノキ、コーン、ニラなんかもいけるよ。冷蔵庫にある、あまり水の出ない野菜を合わせてみて。紫蘇を貼り付けて焼くのもアリアリ。

❷吸い物よりちょっと濃い目、でも飲めるってくらいの煮汁を用意する。出汁に、みりんと薄口醤油を同量入れて調整して。そこに鶏団子のたねをできるだけ丸く落として、あくを取る。そこに、皮を剝いて（好きならつけておいてもいいけど）適当に切り分けた蕪を入れて五分ほど煮れば、美味しいスープ煮の出来上がり！　蕪は早く火が通るから、煮すぎないように。いなくなっちゃうよ。時間をかけられるときは、大根でも勿論美味しい。

本書は書き下ろしです。
この作品はフィクションです。実在の人物、団体等とは一切関係ありません。

最後《さいご》の晩《ばん》ごはん

秘《ひ》された花《はな》とシフォンケーキ

樋野道流《ふしのみちる》

令和元年 6月25日　初版発行

発行者●郡司 聡

発行●株式会社KADOKAWA
〒102-8177　東京都千代田区富士見2-13-3
電話　0570-002-301（ナビダイヤル）

角川文庫 21675

印刷所●株式会社暁印刷
製本所●株式会社ビルディング・ブックセンター

表紙画●和田三造

ISBN 978-4-04-108450-2　C0193

◇◇◇

角川文庫発刊に際して

角川源義

第二次世界大戦の敗北は、軍事力の敗北であった以上に、私たちの若い文化力の敗退であった。私たちの文化が戦争に対して如何に無力であり、単なるあだ花に過ぎなかったかを、私たちは身を以て体験し痛感した。西洋近代文化の摂取にとって、明治以後八十年の歳月は決して短かすぎたとは言えない。にもかかわらず、近代文化の伝統を確立し、自由な批判と柔軟な良識に富む文化層として自らを形成することに私たちは失敗して来た。そしてこれは、各層への文化の普及滲透を任務とする出版人の責任でもあった。

一九四五年以来、私たちは再び振出しに戻り、第一歩から踏み出すことを余儀なくされた。これは大きな不幸ではあるが、反面、これまでの混沌・未熟・歪曲の中にあった我が国の文化に秩序と確たる基礎を齎らすためには絶好の機会でもある。角川書店は、このような祖国の文化的危機にあたり、微力をも顧みず再建の礎石たるべき抱負と決意とをもって出発したが、ここに創立以来の念願を果すべく角川文庫を発刊する。これまで刊行されたあらゆる全集叢書文庫類の長所と短所とを検討し、古今東西の不朽の典籍を、良心的編集のもとに、廉価に、そして書架にふさわしい美本として、多くのひとびとに提供しようとする。しかし私たちは徒らに百科全書的な知識のジレッタントを作ることを目的とせず、あくまで祖国の文化に秩序と再建への道を示し、この文庫を角川書店の栄ある事業として、今後永久に継続発展せしめ、学芸と教養との殿堂として大成せんことを期したい。多くの読書子の愛情ある忠言と支持とによって、この希望と抱負とを完遂せしめられんことを願う。

一九四九年五月三日